며느리가 묻고 시어머니가 답하다

고부공감

황영자, 권세연 지음

대경북스

고부 공감

1판 1쇄 인쇄 2024년 1월 10일
1판 1쇄 발행 2024년 1월 15일

발행인 김영대
편집디자인 임나영
펴낸 곳 대경북스
등록번호 제 1-1003호
주소 서울시 강동구 천중로42길 45(길동 379-15) 2F
전화 (02)485-1988, 485-2586~87
팩스 (02)485-1488
홈페이지 http://www.dkbooks.co.kr
e-mail dkbooks@chol.com

ISBN 979-11-7168-016-0 03810

사랑해.

고마워.

미안해.

애썼어.

괜찮아.

잘했어.

당신에게 여태 아무도 말해주지 않았다면 지금 소리내어 들려주고 당신의 어깨를 토닥여 주세요.

당신은 사랑, 감사, 사과, 위로, 수용, 칭찬 받아 마땅한 분이란 사실을 꼭 기억하세요.

"속이 후련해졌어요. 지금까지 살면서 내 속에 있는 말을 이렇게 시원하게 할 기회가 없었어요. 며느리가 판을 펼쳐 주니 부끄러운 줄도 모르고 정말 신나게 두서없이 말해봤어요. 사실 나이가 들수록 외롭거든요. 글을 쓰고 며느리와 대화하며 밋밋했던 내 인생에 불빛이 환하게 들어오는 것 같아 정말 좋았어요.

며느리에게 글을 써 보내면 '잘했다' 칭찬해주고, '괜찮다' 위로해주고, '고맙다' 표현해주니 무심코 흘려보내던 일상에 자연스레 의미를 부여하게 되더라고요. 그 날이 그 날 같았던 예전과 다르게 재미있어지기 시작했어요. 그런 일상들을 모아 며느리가 책으로 내자고 하길래 처음에는 싫다고 했어요. 뭐 대단한 일이라고 책으로 내나 싶어서요. 그런데 며느리가 그러더라고요. 이렇게 평범하게 하루하루를 살아가는 우리들이 밖으로 나와야한다고. 세상은 어떤 일을 대단하게 하는 사람들만 기억하게 해서는 안 된다고. 그렇게 말하는 며느리의 눈은 어느 때보다 빛나고 있었어요. 며칠 후 며느리가 저에게 보내줬던 글이에요.

이 세상 모든 사람을 우리가 다 기억할 수는 없습니다.
하지만 우리는 누군가 나를 기억해 주길 원합니다.
나를 누군가 기억해 줄 거라는 믿음이 있다면
삶은 외롭지 않을 것입니다.

평범해 보이지만 누구보다 이 세상을 치열하게 살아가는 사람들에게

이 책을 선물하자는 며느리 생각에 동의하지 않을 수가 없더라고요. 저 역시 일흔 가까이 뭐하면서 살았나 생각하면 허무할 때도 많았는데, 글을 쓰면서 기억을 더듬어 나를 기록해가는 시간이 행복했거든요. 이 책을 읽는 독자들도 기록하며 서로를 기억하고 싶다는 마음이 들 수 있다면 이 책이 충분히 의미있다고 생각해요."

위 글은 제가 어머니께 "글을 쓰고 책을 출간하기로 하면서 어떤 생각이 들었는지 사람들이 묻는다면 어떻게 대답하실건가요?"라는 질문에 적어주신 글이에요.

우리는 어느 순간부터 잠시라도 시간이 있으면 스마트폰으로 사람들이 올리는 SNS, 유튜브를 보며 시간을 보내곤 해요. 그런데 정작 내 곁에 가까운 사람들이 어떤 생각을 하고 지내는지 모를 때가 많아요. 예전에는 부모님께서 살아가는 모습과 보여주는 것을 통해 제한된 세상을 경험했지만 현재는 내가 선택하는 정보를 넘어 알고리즘에 의해 무분별한 세상을 강제로 경험하고 있어요.

인터넷 세상은 흥미진진한 이야기로 넘쳐나고 재미없다면 클릭 한 번으로 단절할 수 있지요. 그래서 때로는 한 지붕 안에서 살아가는 가족 간에 대화가 재미없거나 지루하게 느껴져 힘들 때가 있어요. 또는 거리상 멀리 떨어져 살고 있어 가족들과 소통할 수 있는 기회 자체가 별로 없을 수도 있고요.

안양과 부안에 살고 있는 저와 어머니가 소통하는 방법으로 선택한 것은 글이었어요. 어머니와 저는 낮에 바깥일하고 밤에는 집안일을 하다보면 이야기할 수 있는 시간을 확보하는 게 생각보다 쉽지 않았어요.

어머니께서 저와 글로 소통하면서 목소리에 생기가 돌고 밝아지는 것을 느꼈어요. 처음에 어머니께서 글을 어떻게 시작하는 게 좋을지 고민하셔서 어머니의 친정어머니를 만난다면 하고 싶은 이야기들을 적어보자고 말씀드렸어요. 일흔 가까운 나이에 접어든 어머니께서 쓰신 글에서 어머니를 그리워하시는 모습에 코끝이 찡해지는 시간이 많았지만 글을 통해 친정어머니를 만나는 시간이 늘어날수록 어머니께서 안정감과 행복을 느끼시는 것 같아 저도 정말 기뻤어요.

함께 글을 쓰지 않았다면 결코 알 수 없던 어머니 인생을 이해하게 되고 마음 깊이 존경하게 되는 시간이 정말 감사했어요. 우리 대화는 보통의 사람들 대화가 그러하듯 오늘 하루는 어떠셨는지, 식사는 하셨는지, 건강하신지 정도로 무언가를 확인하는 형태의 대화에 머물 때가 많았거든요. 어떻게 해야 더 깊게 소통할 수 있는지 방법을 몰랐으니까요. 남들도 이렇게 사니까 다 이런 건줄 알았지요.

저는 라이프코치라는 직업을 통해 다양한 사람들의 삶 속에 오고 갔지만 정작 가족과 대화를 하거나 코칭을 하는 건 또 다른 이야기였어요. 각 잡고 앉아 '어머니, 저랑 대화해요. 제가 코칭해드릴게요.' 이렇게 하는 것도 생각만큼 쉬운 일은 아니었고요.

어머니께서 글쓰기를 통해 스스로의 마음을 표현하고 드러내는 것에 익숙해지셨을 즈음 깨달았어요. '스스로에 대해 생각해보실 수 있도록 질문을 드리면 되겠구나.' 코치라는 일을 하면서 대화에서 질문이 갖는 힘이 얼마나 큰지 알고 있었거든요. 저는 어머니께 하루 한 개의 질문을 드리겠다고 말씀드렸고, 질문을 통해 저와 어머니는 어머니의 과거, 현재, 미래를 자유자재로 여행하게 되었어요.

어머니는 질문에 답하며 이런 생각들을 하고 있었는지 몰랐다고 신기해하셨어요. 오늘은 어떤 질문을 줄 건지 먼저 물어봐주시던 날 정말 뿌듯했어요.

"네가 이런 걸 물어봐주니 참 좋다. 이렇게 안 물어봐줬으면 내가 언제 이런 생각을 해보겠니? 세연아, 물어봐줘서 고맙다."

어머니를 처음 만난 날부터 지금까지 항상 강인한 모습이셨기에 저는 어머니를 황장군이라 생각했어요. 이번에 글로 소통하며 어머니는 장군이 아니라 소녀라는 것을 알 게 된 것이 저에게는 가장 큰 기쁨이고 수확이에요. 누구보다 여린 감성을 가진 어머니께서 장군처럼 살아가는 동안 얼마나 많은 아픔을 속으로 삭였을지 생각하면 마음이 무거워져요.

"나는 이제 나이도 많고 지금처럼 너희들만 잘 살면 된다. 죽어도 여한이 없다."

숨 쉬듯 자주 하시던 어머니 말씀에 저도 은연 중 어머니께서 남은 시간을 잘 마무리하실 수 있도록 도와야한다고 생각했어요. 이제 그게 아니라는 것을 확실히 알았어요. 아이들이 살아갈 세상을 즐겁게 만날 수 있도록 보다 다양한 것을 경험하는 시간이 귀한 것처럼 어머니의 시간도 과거를 마무리 하는 것이 아니라 현재 세상을 더 탐험하는 시간을 병행할 수 있도록 함께 해야 한다는 것을. 이런 시간이 없었다면 어머니의 생각과 진짜 모습을 모른 채 살았겠지요? 생각만 해도 아찔해요.

'식사하셨어요? 어디 아프신 곳은 없고요? 건강 잘 챙기세요.'

여러분 이런 일상 대화 말고 마음을 나누는 대화 한번 해보고 싶지 않으신가요? 그렇다면 진짜 대화가 담긴 이 책을 당신의 귀한 분과 펼쳐보세요.

내가 누구인지도 모르는 사람을 동경하기 보다는
나를 존재 자체로 사랑해주고 아껴주는
그저 내가 행복하기를 바라는
당신의 그 분에게 마음을 보내 보는 건 어떨까요?

당신을 사랑합니다.
당신을 기억합니다.

나는 당신 편입니다.

생각보다 시간이 많지 않아요.

말하지 않아도 내 마음 다 알거야.
묻지 않아도 내 마음 다 알 거야.
미뤄두지 마시고 용기 내시기를
온 마음 다해 강력히 추천 드려요.

저는 평범한 사람들이 이 세상을 따뜻하게
유지시켜주는 원동력이라고 생각해요
그렇기에 이 책을 읽어주시는
당신에게 뜨거운 응원과 지지를 전해요.

지금까지 참 잘 살아오셨어요.

앞으로도 삶은 당신 편에 서 있을 거예요.

두려워 말고, 앞으로 전진하세요.

2024년 1월

황영자, 권세연 드림.

위대한 나의 어머니 '황영자' 님께.

한 평생을 모진 풍파가 넘쳐나는 시장 가게 안에서 보내신 어머니. 명절을 앞두고 장사를 하실 때면 밀물처럼 끊임없이 밀려오는 거대한 인파에도 서운한 손님 없도록 매 순간 정성을 다하시고, 한치의 오차 없이 일하시던 당신은 저에게 거대한 산이었습니다.

제가 중학생이던 시절 초등학생이었던 동생을 교통사고로 먼저 보내는 말로 설명할 수 없는 고통을 가슴에 묻고, 묵묵히 굳세게 살아가시는 모습은 저를 더 일찍 철들게 하였습니다. 제가 어릴 때부터 장사를 하신 부모님을 원망할 때도 있었습니다. 이른 새벽부터 늦은 밤까지 집에 부모님이 계시질 않으니 쓸쓸했고, 학교 행사나 학습에 관심을 갖고 챙겨주질 못하시니 서운했습니다. 하지만 한 가정을 이루고 난 지금 어린 자녀들을 키우면서 부모님의 위대함을 뼈저리게 느끼며 감사한 마음을 전합니다.

아내 덕분에 어머니 속내와 삶을 알게 되었습니다. 아들로 40년이 넘는 세월을 살아왔지만 처음 듣는 이야기는 어머니가 어떤 고난에도 흔들리지 않는 거대한 산이 아니라 여리디 여린 여인이었음을 깨달았습니다. 어머니도 매일 이른 새벽에 일어나 늦은 밤까지 일하는 삶에서 벗어나고 싶은 마음이 있었다는 것을. 가게에서 손님들과 보내는 시간이 아닌 집에서 가족들과 온전히 시간을 보내고 싶은 마음이 있었다는 것을. 한번 쯤은 가족이 아닌 어머니 꿈을 위해 살고 싶은 마음이 있었다는 것을. 그럼에도 불구하고 가족의 생계를 위해 그저 앞으로 걸어가야만 했던 가여운 여인의 지난 시간을 따라가며 가슴이 먹먹해져옵니다.

어머니께서 당신의 어머니께 '사랑한다', '고맙다' 라는 따뜻한 말 한마디 건네지 못하고 후회한 것처럼 저 또한 말하지 않아도 다 아실거라는 생각에 한번도 말씀드리지 못한 것이 후회스럽습니다.

가족을 위해 한 평생 애쓰시고도 무엇을 더해줄지 고민하시는 어머니. 이제는 제가 든든하게 곁에 있으니 마음 편히 사셨으면 좋겠습니다. 오늘 제가 누리는 모든 행복은 어머니의 희생과 헌신으로 만들어진 것임을 잘 알고 있습니다.

당신이 제 어머니여서 진심으로
감사합니다. 존경합니다. 사랑합니다.

2024년 1월
아들 김정현 올림.

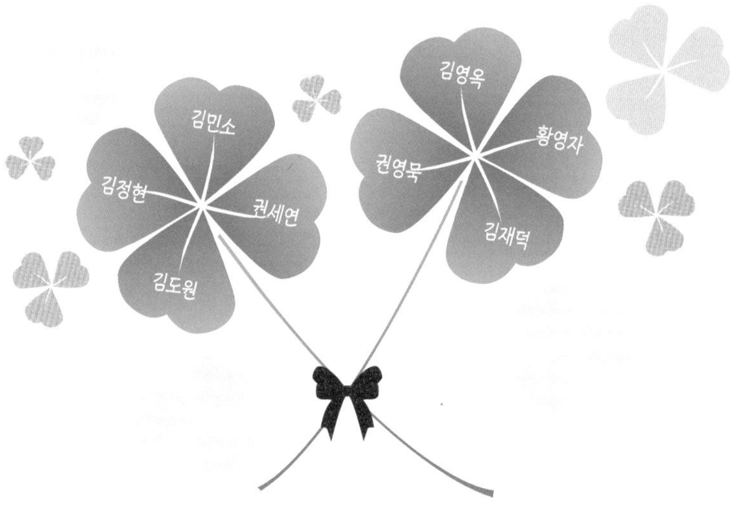

내 인생의 네잎클로버

감사합니다.

덕분입니다.

사랑합니다.

차 례

2장 어머니의 편지가 묻는다_83

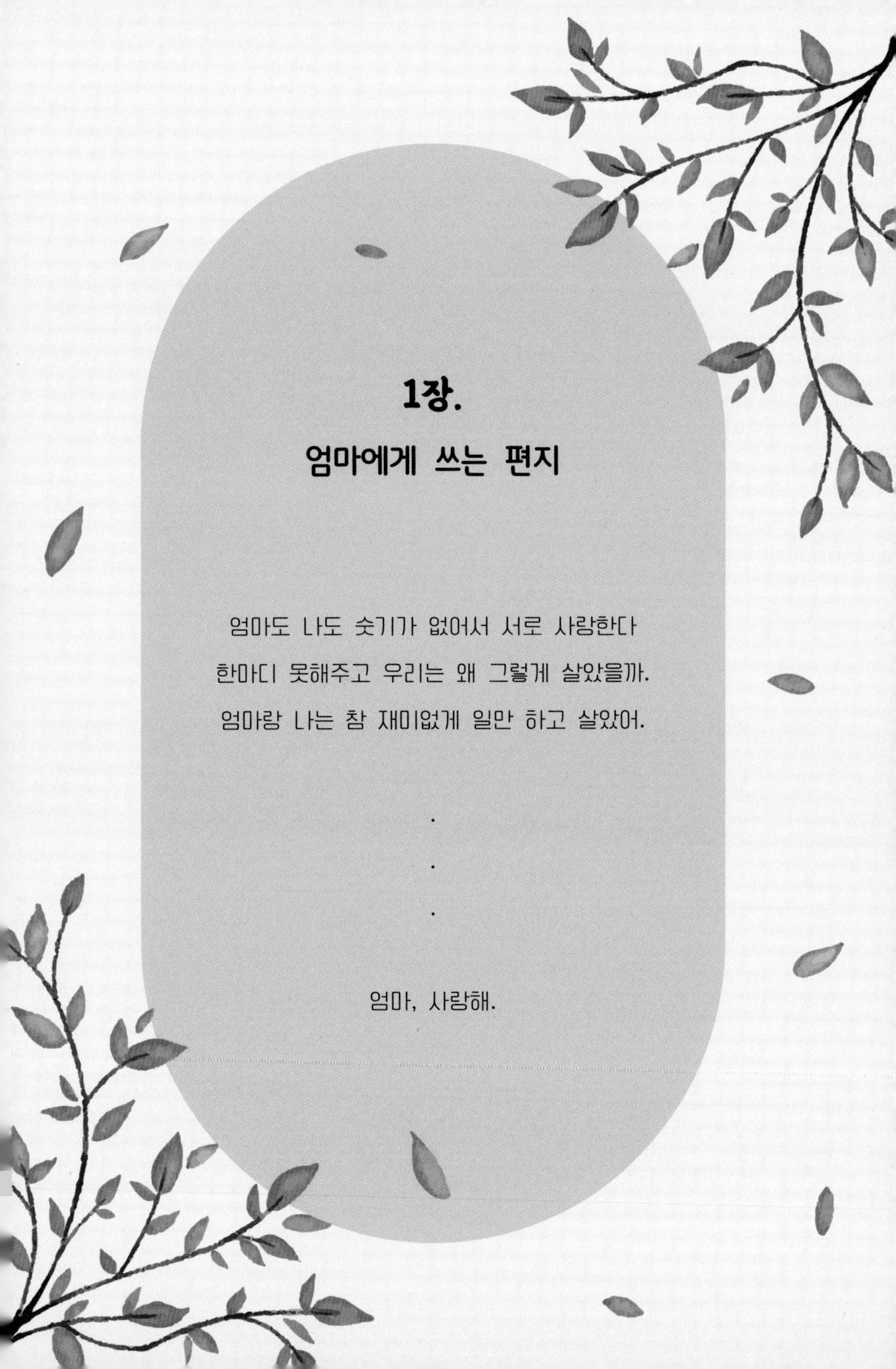

1장.

엄마에게 쓰는 편지

엄마도 나도 숫기가 없어서 서로 사랑한다
한마디 못해주고 우리는 왜 그렇게 살았을까.
엄마랑 나는 참 재미없게 일만 하고 살았어.

.

.

.

엄마, 사랑해.

내 자식들한테 그럴 거 같아서
: 모른 척 눈 감았던 거였어요

엄마, 요양원에 계실 때 장사 끝내고 엄마한테 가면
다른 할머니들이 나한테 그랬어.
"엄마가 딸내미 기다렸어. 저녁 먹자마자
나가서 한참을 기다리시더라고."
그런데 엄마는 늘 거짓말 했어.
"힘든데 뭐 하러 자꾸 와?"
엄마가 그럴 때마다 눈물이 났어.
나도 나이 더 먹고 아프면 내 자식들한테 그럴 거 같아서.
엄마 돌아가신 지도 벌써 25년이 됐네.
내가 큰 수술 세 번 하고 나니 기억력이 자꾸 없어져.

이렇게 글 쓰면서 엄마 생각하니까 좋아.

내 나이 67살에 글 쓰게 될 줄 누가 알았을까.

김 서방이 옆에서 많이 도와주고 있어.

엄마가 김 서방이랑 짝 지어주었잖아.

엄마, 아무 걱정 말고 하늘나라에서 잘 지내.

나중에 만나면 옛날 얘기 하면서

웃어도 보고 울어도 보자.

졸려.

이만 쓰고 잘게.

엄마, 내일 또 봐. 고마워.

엄마 딸, 황영자 드림

25년 전, 하루 장사를 마무리하고 석양을 벗 삼아 요양원에 계시는 친정어머니를 만나러 가는 마흔 두 살 어머니 발길을 따라 가봅니다. 그 길을 천천히 함께 걷다 보니 문득 궁금해 졌어요.

'마흔 한 살인 나보다 고작 한 살 더 많았던 그 시절 어머니는 어떤 모습이셨을까?'

저는 마흔 살이 되면 세상 이치를 깨닫고, 두려울 것 없는 무적의 어른이 되어있을 거라 생각했지만, 막상 이 나이가 되고 보니 마음이 나이만큼 성장하지 못해서 힘들 때가 있어요.

힘든데 뭐 하러 자꾸 오냐는 친정어머니 이야기를 듣는 어머니 마음은 어땠을까요? 어머니보다 먼저 한평생 장사꾼의 삶을 살아낸 친정어머니가 계신 요양원에서 가업을 이어하는 딸이 만나 서로를 마주하는 마음 말이에요. 병원에는 친정어머니, 집에는 자식들이 있었던 어머니는 이미 알고 계셨던 것 같아요. 얼마나 삶을 치열하게 살아가야 할지.

25년 후, 어머니는 큰 수술들을 견뎌내시고 여전히 가게에 계시네요. 어머니 손가락 끝에는 상처가 곳곳에 굵게 패여 있죠. 그러면서도 어머니는 항상 '너희만 잘 살면 나는 괜찮다. 정말 괜찮다.'하셨어요. 어머니 글을 보고서야 깨달았어요.

'우리 어머니 많이 힘들고 외로우셨구나.'

이렇게 어머니와 글로 소통하면서 저의 진짜 속마음을 들여다보게 되었어요. 저는 어머니 마음을 몰랐던 게 아니었어요. 어머니께서 괜찮다고 하시는 말씀을 믿어야 제 마음이 편하니 어머니의 고단한 삶을 알면서도 모른 척 눈 감았던 거였어요. 정말 죄송해요.

앞으로 어머니와 함께하는 글쓰기가 우리 삶에 얼마나 많은 변화를 가져다줄지 정말 기대돼요. 어머니께서 글쓰기를 시작하셔서 얼마나 기쁜지 몰라요. 얼굴 뵙고 할 수 없는 이야기, 여기서 나누며 함께 웃고 함께 울어요.

내일 글로 또 만나요.

어머니, 감사합니다. 덕분입니다. 사랑합니다.

며느리 권세연 드림

더 좋은 일 많을 게야
: 사랑으로 채워주셔서 감사해요

엄마,

오늘은 익산 원광대병원에 가서 검사하고 약 받아왔어.

교수님이 건강관리 잘 하고 있다고 칭찬해 주셨어.

“신랑이 이 날 이때까지 약을 한 번도 안 빠지고

잘 챙겨줘서 그래요.”라고 김서방 칭찬해줬어.

차 타고 집으로 가면서 문득 이런 생각이 들었어.

‘내가 왜 이렇게 가게 일에 집착을 하고 살까.

죽으면 아무 것도 아닌데. 가지고 갈 수도 없는 것을.’

세연이한테 이야기했더니 저보고 그러대요.

“어머니께서 열심히 일을 하시니 저도 더 열심히 살게 돼요.”

세연이가 내 맘을 알아주는 것 같아서 눈물이 났어.
내가 더 열심히 일해서 애들 돌봐줘야 한다고 생각했었거든.

3시간 30분,
5시간 30분,
13시간 30분.
세 번의 수술을 치르고도 잘 살고 있어.

"자네 마음이 좋으니까 어려운 고비 잘 넘긴 거야.
나중에는 더 좋은 일 많을 게야."
가게 단골들이 말해.
하나님, 부처님께 늘 감사하며 살고 있어.

차를 타고 어디 다녀오는 날이면 힘이 쭉 빠져.
옆에서 김 서방이 글 다 썼냐고 물어보네.
오늘은 그만 쓸게.
엄마. 안녕.

"나는 정현이 아빠 똥도 아까워서 못 버려요."

결혼 전, 어머니를 처음 뵈었을 때 저에게 해주셨던 말씀이 아직도 선명하게 기억나요. 푸릇푸릇한 산으로 둘러싸여 있는 절, 솜털처럼 가벼운 바람이 부는 곳에서 처음 만났었지요.

어머니, 그거 아세요? 바로 저 말씀 덕분에 제가 결혼을 결심하게 되었어요. 아버님을 얼마나 사랑하고 존중하면 똥도 아까워 못 버린다는 말씀을 하실 수 있는 걸까 어머니 마음에 한참 머물러 보기도 했어요.

남편과 사이가 안 좋을 때 가끔 저 말씀이 떠올라요.

'그래. 나도 살다보면 저 인간, 똥도 아까워서 못 버릴 날 오겠지.'

생각하며 피식 웃고 풀어지곤 했어요.

몸은 아프고, 사람에게 지치고, 일에도 지쳐서 모든 걸 놓아버리고 싶을 만도 하실텐데, 어머니는 앞으로 더 좋은 일이 생길 거라고 늘 말씀하셨어요.

어제는 낮에 일하고 돌아와 저녁에 집안일하고 아이들 챙기다 멍하니 있는데 갑자기 어머니 생각이 나더라고요.

'어머니는 도대체 어떻게 사신 걸까? 젊으셨을 때부터 1년 365일 하루도 쉬지 않고, 이제 쉬실 만도 한데 아픈 몸을 이끌고 가게로 향하는 마음은 어떠실까?' 어머니 인생을 온전히 이해한다고 말할 수는 없지만 어머니를 생각하면 그냥 눈물이 나요.

어머님께서 주시는 단단함과 여유로움, 아버님께서 주시는 따스함과 포근함이 저를 살게 해요. 결혼하고 몇 달 되지 않아 친정아버지 돌아가셨을 때 어머니, 아버지께서 제 손 잡고 이렇게 말씀해주셨지요.

"세연아, 아빠가 우리한테 너 보내주고 가려고 이렇게 열심히 살다 가셨나보다. 이제 걱정 하지 마. 우리가 세연이 행복하게 해줄 거야."

저 지금 정말 행복해요.

이렇게 잘 살 수 있게 아낌없이 사랑으로 채워주셔서 감사해요.

어머님, 아버님.

사랑합니다.

많이 사랑합니다.

정말 많이 사랑합니다.

존경합니다.

마음 다해 존경합니다.

건강하게 오래오래 사세요.

막걸리 한 잔
: 고구마가 아니라 사랑이었네요

불러도 불러도 싫지 않고 보고 싶은 우리 엄마,
옛 생각이 떠올라서 몇 자 적어볼게.
엄마는 너무 바빠서 밥 먹을 시간에 막걸리를 한 잔 하셨지.

내가 좋아하던 고구마도 쪄 주지 못할 정도로 일을 많이 하셔서
나는 고모네 가서 고구마를 먹고 왔잖아.
4킬로미터가 넘는 거리를 걸어서 말이야.
어딜 가나 자갈밭, 차 한 대 지나가면 먼지가 너무 날렸어.
4킬로미터가 아니라 40킬로미터를 걸어도 괜찮으니
엄마한테 막걸리 한 잔 따라줄 수 있으면 좋겠다.

고구마 쪄 달라고 안 할게.

그냥 엄마 좋아하는 막걸리 한 잔 받으러 오시면 안될까?

엄마, 그곳에서도 막걸리 한 잔씩 하고 있어?

가끔 황토 길에 깨끗한 한복 입고 가는 엄마 꿈을 꾸는 걸 보면

좋은 곳에서 시원하게 한 잔 하고 계실 거란 생각이 들어.

엄마 마음 편하게 살아.

엄마의 수고, 잊지 않을게.

엄마 사랑해. 안녕.

낮에 전화하시는 일이 거의 없는 어머니 번호가 휴대폰에 뜨는 걸 보고 놀라서 전화를 받았어요.

"세연아, 아빠가 광주에서 고구마 사오셨는데 보내줄까?"

"고구마요? 제가 사 먹으면 돼요."

"세연아, 이 고구마는 여태 먹던 거랑 다르다. 아주 달고 맛있어."

"그래요? 그럼 보내주시면 잘 먹겠습니다."

이틀 후 250킬로미터를 날아 택배 상자가 도착했어요. 상자 안에는 자줏빛이 선명하고 동글동글 도원이 주먹만 한 고구마가 한 가득 들어 있었지요. 고구마를 정말 좋아하는 저였기에 어떤 맛일까 궁금해 하면서 아기 손 씻기듯 뽀득뽀득 씻어 에어 프라이기에 넣고 빨리 익기를 기다렸어요.

삐익.

고구마가 다 익었다는 소리에 뜨거운 고구마를 오른손, 왼손, 오른손, 왼손 옮겨가며 껍질을 깠어요. 개나리꽃보다 노란 속살에 분이 포실 포실 올라와 한 입 깨물자마자 달콤함이 입 안 가득 퍼졌어요.

"앗, 뜨거! 앗 뜨거!"

외치면서도 그 자리에 선 채로 고구마 하나를 다 먹고 정신이 들어 어머니께 전화 드렸어요.

"어머니, 고구마 진짜 맛있어요. 정말 잘 먹겠습니다."

"그려. 네가 맛있다고 하니 좋다. 다 먹고 말혀. 또 보내줄게."

지금 어머니 글을 읽고 보니 어머니께서 보내 주신 건 고구마가 아니라 사랑이었네요. 고구마 보면서 옛 생각에 눈물 삼켰을 어머니, 저에게 고구마 보내주실 생각에 기쁨 가득이었을 어머니, 호들갑 섞인 제 전화에 흐뭇하게 미소 지으셨을 어머니 생각하니 저도 웃음이 나요.

어머니. 어머니. 어머니.

불러도 불러도 싫지 않고 보고 싶은 우리 어머니.

다음엔 제가 맛있는 고구마랑 막걸리 한 잔 들고 갈게요.

어머니의 친정어머니와 건배는 아주, 많이, 정말, 늦게 하시고 저랑 건배 많이 해요. 어머니께서 하늘나라 계시는 친정어머니께서 마음 편히 지내셨으면 하듯이, 저도 어머니께서 몸도 마음도 편하게, 아주 편하게 사셨으면 좋겠어요.

늘 감사해요.

재래시장

: 어머니를 위해 사셨으면 좋겠어요

엄마, 옛날 재래시장은 지붕도 문도 없었잖아.
사방팔방 뻥 뚫려 있어서 비 오면 비 맞고,
눈 오면 눈보라 그대로 맞고, 추우면 연탄화로
가져다 놓고 장사했었는데 지금은 잘해놨어.
여름엔 시원한 바람, 겨울엔 따뜻한 바람이
나오게 기계들이 설치되어 있어.
밤에도 무섭지 않아. 가로등 불빛이 밝혀주거든.
CCTV도 많이 설치해 놔서 물건 도둑맞을 걱정도 없어.

근데 이제 젊은 사람들이 재래시장 와서 장사할 일은 없지 싶어.

우리 세대에서 재래시장 문 닫을 것 같은데 어떻게 될지 모르겠네.
부안 인구가 많이 줄고 있어.
할머니, 할아버지들도 많이 돌아가시고 시골도 빈 집이 많아.
한 번씩 오시던 어르신들이 안 보여서 동네 분들에게 물어보면
요양원에 계시거나 돌아가셨단 이야기를 들어.
금방 우리 차례가 올 텐데 서글퍼져.
갈 때 되면 가야 하는데,
또 살 만하면 가게 된다는 말도 있고.
식구들이 이제는 좀 재미있게 몸도 마음도
편하게 살라고 하는데 모르겠어 엄마.

엄마도 내가 쉬었으면 좋겠어? 그렇지?
식구들 위해서 조금만 더 열심히 할게.
엄마도 그렇게 살았잖아.
나, 엄마 딸이라 어쩔 수 없나 봐.
엄마, 나 지켜주고 응원해 줘.

황영자! 황영자! 황영자!

오늘은 어머니 성함 만세삼창으로 이야기를 시작해보고 싶었어요.

"예, 상서상회입니다."

3년 넘게 이어지는 코로나 때문에 어머니 가게에 못 들리다 오랜만에 들르게 되었지요. 가게 전화벨이 울리자 어머니께서 전화를 받으며 하시던 인사 말씀이 마음에 들어왔어요.

눈 뜨고 있는 시간 대부분을 상서상회 안에서 보내고 계시는 어머니는 35년 넘게 '황영자'라는 이름보다 '상서상회'라는 가게 이름을 앞세워 살아오셨네요.

"세연아, 저기 뭐 달라진 거 없나 한 번 볼래?"

"네? 어머니? 어떤 거요?"

"좌판을 바꾸니까 가게가 아주 깨끗해졌어.

앞으로 몇 십 년은 또 끄떡없다."

집에 에어컨, 냉장고를 바꾸셨을 때보다 가게 선풍기, 좌판, 난로 바꾸셨을 때 더 신이 나서 말씀하시던 모습이 생각나요.

집 앞 탁 트인 마당에서 불어오는 산들 바람이 보내주는 공기보다 시장을 오가는 사람들 숨결이 느껴지는 공기가 더 좋다는 우리 어머니.

손님 오시면 꼭 "우리 아들, 며느리, 손녀."라며 저희를 소개시켜 주시는 우리 어머니.

반평생 훌쩍 넘는 시간을 함께한 손님들과 가족보다 더 가족처럼 지내고 계신 우리 어머니.

"이 시간이면 와야 하는데, 이제 한 번 나올 때가 됐는데 안 보이네." 라며 단골손님 부재를 걱정하시던 우리 어머니.

'금방 우리 차례가 올 텐데.'라는 어머니 글귀에 제 마음이 절벽에 부딪친 파도처럼 부서졌어요. 아픈 몸을 이끌고도 가족을 위해 더 일해야겠다고 말씀하시는 어머니. 힘든 마음 표현할 길 없어 하늘나라에 계신 친정어머니에게 수채화 그리듯 글로 풀어놓는 어머니.

어머니!

이제 집 앞마당이 아닌 파란 물결 넘실거리는 바닷가 가셔서 넘실거리는 파도에 근심 걱정 실어 보내고 산책하시면 좋겠어요. 힘든 날 하루쯤은 집에서 쉬시면서 어머니를 위한 시간을 보내면 좋겠어요.

제가 온 마음 다해 뜨겁게 응원할게요.

이제 어머니 위해 사셔요.

사랑합니다.

딱 한 마디 듣고 싶어
: 어머니 안아드리고 싶어요

엄마,
베란다 문 열고 거실에 앉아 있으면 바람이 너무 시원해.
시원한 바람에도 엄마 생각이 나.

엄마, 아빠는 나 어릴 때 외동딸이라고
정말 아껴주고 예쁜 옷도 많이 사주셨잖아.
그러다 아빠가 뇌졸중으로 쓰러지시고
엄마가 간병하느라 많이 힘드셨지.
아빠는 병원 생활 오래하다 돌아가시고
나중에 엄마가 또 아프고 집안 꼴이 말이 아니였어.

나는 엄마가 참 불쌍했어.

27년 전, 우리 집 짓고 딱 한 번 오셨었지. 엄마도 없는 형편에 백만 원을 주시며 필요한 거 사라고 하시고 가셨어. 딱 하루만 주무시고 가라고 그렇게 말을 했는데도 기어이 가셨어.
그때 나는 정말 서운했어. 아들만 위해주고 나는 그냥저냥 대하는 것 같아서. 지금 생각해 보면 내가 힘들까 봐 그런 거였지 싶어. 엄마가 키우던 개, 돼지, 꽃사슴들 밥도 줘야 했었고.

"엄마, 나는 데려온 자식이야? 왜 자꾸 일만 하자고 그래?"
한숨 섞인 내 말에 엄마는 그랬어.
"나중에 시집가서 일하는 사람들 지휘하려면
네가 다 알고 있어야 하는 것들이야."
엄마가 시집가서 고생을 많이 했었나 봐.

식구들한테 치이고
일꾼들한테 치이고
서러움에 치이고.

그래서 내 딸은 힘들지 않게 잘 가르쳐야지 생각하셨던 것 같아.

엄마한테 열심히 배운 덕분에 나는 지금 이렇게 잘 살고 있어.
고마워, 엄마.

엄마도 나도 숫기가 없어서
서로 사랑한다 한마디 못해주고
우리는 왜 그렇게 살았을까.
엄마랑 나는 참 재미없게 일만 하고 살았어.

엄마가 지금 내 옆에 계시면
우리 집에서 한 달이고 두 달이고 함께 지내면서
그때 왜 그러셨는지, 따질 거 있음 따지고
'참 힘들었겠다.' 위로할 일 있음 위로하고
'어찌 살아왔어.' 통곡할 일 있음 통곡하고
일 잘하는 내 모습도 자랑하고 싶어.

사실 나는 그냥 엄마 품에 안겨 엄마한테
딱 한 마디 칭찬 듣고 싶어.

'우리 영자 잘 살았다.'

위로, 통곡, 자랑.

세 단어를 몇 번이고 곱씹어 읽어 보니 '응석'이라는 단어가 떠올랐어요. 저는 여태 어머니는 기둥, 등대, 장군, 이런 단어들이 잘 어울린다고 생각했는데 정말 의외의 단어에 놀랐어요. 어머니 마음의 무게가 고스란히 전해지는 글을 읽으니 제 두 팔로 우리 어머니 꽉 안아드리고 싶어요.

부안 집 거실에 나란히 누워있던 날, 솔바람이 사라락 들어와 우리를 한 번 휘감고 나갔었지요. 어머니는 함박웃음을 지으시며 말씀하셨어요.

"아우 좋다. 세연아, 살찌는 바람 들어온다."

"살찌는 바람이 뭐예요?"

"이렇게 온 가족이 앉아서 이야기도 하고, 텔레비전도 보고 놀 때 시원한 바람까지 불면 마음도 편하고 절로 살이 찌지. 그래서 살찌는 바람이라고 해."

저는 살찌는 바람이란 단어를 그 때 처음 들어봤어요. 너무 딱 맞는 표현이어서 한참을 크게 웃었네요.

저 이사 하던 날 어머니, 아버지 1박 2일로 처음 오셔서 산책하고, 아침, 점심, 저녁 같이 먹었잖아요. 지금 생각해보면 평생 쉬는 날 없이 일하시고, 멀미 때문에 여행도 못 가시는 어머니께서 왕복 500km가 넘는 장거리를 오신 건 자식에 대한 진한 사랑이 있으셨으니 가능한 거였어요. 어머니, 아버지와 함께 했던 시간이 참 좋았어요.

어머니의 친정어머니.
시외할머님 산소에 같이 가요.
우리 같이 따지기도 하고,
위로도 드리고, 통곡도 하고 와요.
제가 우리 어머니 이렇게 잘 살고 계신다고
자랑도 많이 해드릴게요.
꼭 같이 가요. 꼭.

이런 생각 저런 생각
: 죽으면 아무 소용 없어요

새벽 6시 20분.
내가 가게에 도착하는 시간이야.
문 열고 물건 정리하고 나서
고구마 순, 쪽파 까고 김치 거리 다듬고 나면
오전 시간 다 지나가.

점심 12시.
오늘은 뭘 먹을까. 콩국수 먹을까 하다가
에이, 밥이 맛있겠다 싶어서 밥에 물 말아 김치랑 먹어.

금방 생각을 바꾸는 나. 왜 그럴까.
절약이 몸에 배어 그렇지 뭐.
바보.
콩국수 한 그릇에 7천 원,
그 돈으로 돼지고기 한 근 사면 며칠을 먹을 텐데.

그런데 엄마,
아파보니까 돈, 아무 것도 아니더라.
죽으면 다 두고 가야 하는데 말이야.
너무 허무해.
하늘나라에서 좋은 자리 준다 하면
아끼고 아낀 돈, 다 싸서 갈 텐데.

엄마,
그냥 이런 생각 저런 생각이 드네.
이젠 마음 정리하고 좀 쉬고,
또 열심히 살다가 엄마 보러 갈 준비해야지.

이렇게 글 쓰면서 엄마, 엄마를 마음껏 불러보니

내 마음이 부들부들해져.
내가 이렇게 글을 쓰게 될지 어떻게 알았겠어.
세연이 덕에 매일 엄마 만나니 참 좋네.

엄마, 잘 있어. 내일 또 봐.

"세연아, 우리 오늘 콩국수 먹을까?"

"아휴, 어머니. 저희는 괜찮아요. 이따 집에 가서 먹으면 돼요."

"지금 먹고 들어가자. 집에 가서 언제 차려 먹어?"

"음. 그럼, 그럴까요?"

어머니께서 콩국수 사준다고 하셨을 때 저는 먹고 싶지 않았어요. 어머니께서 종일 고구마 순, 쪽파, 마늘 까고 김치 거리 다듬어 힘들게 번 돈이잖아요. 혼자 드시면 네 번은 드실 수 있다는 생각을 했거든요.

"이 식당 콩국수 정말 맛있어."

한사코 거절하는 저에게 어머니는 먹고 가라고 하셨지요. 밖에 계신 아버님께 전화 드려 같이 먹기로 하고 못 이기는 척 앉아 아이들은 짜장면 곱빼기를 시켜 나눠주고, 어른들은 콩국수를 시켰지요. 어머니는 음식값을 계산하려는 저희를 밀어내시고 배달하시는 분께 활짝 웃으시며 저희 가족을 소개시켜주셨지요.

'맞아, 이런 게 행복이지. 뭐 별거야?'

그때는 몰랐어요. 저희가 안 먹으면 어머니께서 네 번을 더 드실 수 있는 게 아니라 한 번도 안 드신다는 걸.

어머니는 늘 말씀하셨지요.

"세연아, 돈 좀 더 주더라도 좋은 거 먹어. 죽으면 아무 소용없다.
지금 맛있는 거 먹어."

저는 어머니 모시고 좋은 음식 같이 먹을래요. 함께 콩국수 먹으며 행복해 하시던 어머니, 저도 가족에게 베풀며 현재에 만족하는 시간 누릴 수 있게 도와주세요.

어머니, 사랑합니다.

칠십이 넘으면
: 생각보다 시간이 많지 않음을 명심할게요

엄마, 내일은 쉬는 날이야.
원래는 한 달에 한 번 쉬었는데
올해부터 한 달에 두 번 쉬기로 했어.
내일은 이불도 빨아야 하고 비가 안 오면 할 일이 많아.

남들은 쉬는 날 여행 간다하면 좋다는데
나는 시장에서 단체로 여행 간다고 하면 잠을 못자.
멀미약 준비해 놓고 기미테 붙이고 난리도 아니야.
차에서라도 좀 자면 좋을 텐데, 도통 잠이 와야 말이지.

나는 돈만 벌어야 하는 운명인가 봐.
예전에는 무서워서 병원에 안 갔는데 큰 병 앓고 나니
몸이 좀 이상하다 싶으면 병원에 가게 되네.
내가 경제력이라도 있어야 자식들한테
짐 안 될 것 같아 열심히 살았어.

그런데 엄마,
이제 조금씩 내려놓고 살아보려고 해.

내 꿈은 조용한 산 속에 살면서
몸도 쉬고 마음도 쉬는 거야.
김 서방은 싫다네. 무섭다고.
그리고 내가 여기저기 아프니까
병원 근처에서 살아야 한다네.

엄마,
칠십이 넘으면 어떻게 살아야 잘 사는 걸까 궁금해.
나이 상관없이 지금처럼 열심히 사는 거?
몸이 안 따라줘서 열심히 살 수 없으면 어떻게 해?
자식들 잘 되게 기도하는 삶을 살고 싶은데

기도도 정신이 건강해야 할 수 있는 거고.
금방 칠십이 될 텐데 생각이 많아져.
여행 전날,
멀미약 준비해 놓고 잠도 못 자는 나는
칠십 인생을 문득문득 떠올리는 나는
걱정을 타고 났나 봐.

엄마 생각은 어때?
지금 가르쳐 주면 안 될까?

이만 잘게. 꿈에서 알려줘.

"어머니, 잘 쉬셨어요?"

"아이고, 세연아. 내가 못 살겠다. 하하하. 오늘 쉬는 날인 줄 모르고 가게 갔다 왔당께."

수 십 년 동안 쉬는 날 없이 일하시다 불과 몇 년 전부터 한 달에 하루 쉬시고, 올해 여름 들어 한 달에 두 번 쉬기로 하시고는 그마저도 익숙하지 않아서 출근했다 돌아오셨다며 너털웃음 짓는 어머니.

'우리 어머니에게 쉬는 날이 있긴 있었을까?'라는 생각이 갑자기 들었어요. 가게 쉬는 날에는 밀린 집안일을 하시니까요. 결국 어머니 삶에 온전한 쉼은 없다는 생각이 드니 슬프네요.

12년 전, 어머니를 처음 만났을 때 척척박사 장군님 같아 보였어요. 온 종일 가게에서 손님들이 찾는 물건을 순식간에 찾아 내어주시고, 어떤 질문에도 거침없이 답을 해주시며, 해가 어스름해지면 집에 오셔서 김치 겉절이, 홍어무침, 양념게장을 뚝딱뚝딱해서 큰 반찬통에 꾹꾹 눌러 가득 채워 주셨지요.

눈 깜짝할 새 수많은 음식을 해내셔서 저도 나이 들고 익숙해지면 자연스레 할 수 있는 일인 줄 알았어요. 시간이 지나고 보니 그건 어머니께서 자식에 대한 사랑이 넘치기에 어머니만 가능한 일이었다는 것을 알게 되었어요. 없는 힘을 꾹꾹 짜내어 한 번 더 움직이셔서 자식들 편하라고 그렇게 해주시는 거였어요.

산속으로 가고 싶다는 어머니 글에 마음이 덜컥 내려앉아요. 몸과 마음은 쇠약해져 가는데 자식들이 눈에 보이면 편히 쉴 수 없는 어머니 성격을 스스로 알고 계시니 그런 마음이 드셨던 거지요?

생각보다 시간이 많지 않음을 저도 명심할게요.
어머니와 함께할 수 있는 시간이 축복이에요.
어머니, 감사해요.

여름이 싫은 이유
: '지금'을 누려보셨음 좋겠어요

엄마,
밖에서 귀뚜라미가 울어대는 걸 보니 이제는 시원해지려나 봐.
오늘 아침은 조금 쌀쌀하기까지 한 날씨야.

나는 더운 여름이 싫어.
추운 겨울은 옷 하나 더 껴입으면 되고
불 좀 더 넣으면 되니까 괜찮아.

뜨거운 태양을 보면 고생만 하다
세상 떠난 엄마 생각이 나서 그런 건가 싶기도 해.

태양처럼 큰 열정을 가졌던 엄마이지만
태양의 높은 온도만큼이나 힘든 삶을 산 우리 엄마.

하늘나라에서 만나면
봄과 같은 따뜻한 미소로
가을과 같은 넉넉한 마음으로 안아줄게.

엄마, 정말 보고 싶다.
오늘처럼 엄마가 많이 보고 싶은 날엔
아빠 환갑에 진달래 색 한복 입고 찍은
엄마 사진 한 번씩 꺼내 보곤 해.
그때는 몰랐는데,
엄마 얼굴은 늘 부어 있었어.
많이 힘들었지?
어려운 시절 태어나서 고생만 하다
돌아가신 우리 엄마.
이제야 엄마 인생 이해해서 미안해.

엄마, 오늘도 엄마 생각하면서 열심히 살고 올게.
잘 있어.

어머니 글에서 '여름'과 '태양' 단어를 보니 생각나는 추억이 있어요.

결혼하기 전, 모항해수욕장에서 정현 오빠랑 놀고 있는데 어머니, 아버지께서 삼겹살 사서 저녁에 놀러 오셨던 날이요.

"오늘 재밌게 잘 놀았어요? 배고프죠? 얼른 밥 먹어요!"

저를 보자마자 살갑게 물어보고 손잡아 주시며, 가게에서 한 가득 가져오신 상추랑 채소 씻어 삼겹살 파티를 해 주셨지요. 저는 그때 어머니를 두 번째로 뵙는 날이라 긴장을 많이 했는데, 편하게 대해주셔서 금방 마음이 풀렸어요. 상추에 깻잎, 고기 두 점, 고추 올려 마늘 한 조각을 쌈장에 찍어 입보다 더 큰 쌈을 신나게 먹고, 파란 바다와 하늘을 붉게 물들인 태양을 보며 어머니와 바닷길 따라 걷던 기억이 나요.

"어머니는 좋으시겠어요. 바닷가가 이렇게 가까우니 자주 오실 수 있잖아요."

"아이고, 나도 여기 몇 십 년 만에 와 봤어요. 가게가 바빠서 여기 올 시간이 없어요."

"어머, 어머니. 아무리 바빠도 어떻게 그래요? 이제부터 저랑 바닷가도 자주 오고 여행도 자주 다녀요."

그땐 정말 자주 올 수 있을 거라고 생각했어요. 그런데 30분 거리에 있는 바닷가를 결혼하고 12년이 지나도록 단 한 번도 어머니와 함께 오질 못했어요. 바닷가는 커녕 허리, 무릎, 심장 수술하고 치료하러 대학병원만 다니셨네요. 우리 어머니, 여행지에서 찍어드린 사진 한 장이 없어요. 가게에서 찍은 사진이 전부예요.

어머니, 이제부터 저랑 가까운 곳으로 조금씩 걸어 나가봐요.

함께 숨 쉬고 같은 공기를 마실 수 있는 지금을 같이 누려요.

오늘 아침에는 "엄마는 아무래도 괜찮아. 세연아, 아무쪼록 정현이랑 애들이랑 잘 지내야 한다."라고 말씀하시던 어머니 목소리가 계속 생각나요. 어머니도 진짜로 괜찮으셔야죠.

부디…….

괜찮으셔야 해요.

제가 노력 많이 할게요.

어머니, 건강하세요.

노을과 계급장
: 어머니 존경해요

엄마, '내가 지금까지 어떻게 살아왔을까.'
돌아보니 인생길, 벌써 석양길이야.
앞만 보고 달려온 인생, 허무하네.
내 생애 한 점 후회 없다면 그건 거짓말이고,
좋았던 추억만 모아서 노을 바라 봤어.
엄마보다 여유가 있어서 이렇게 부족하나마 엄마한테 글도 써 보네.

내 몸에 훈장들이 새겨졌어. 관절 마디가 다 튀어나왔어.
손가락 ,발가락 마디마디 다 아파. 내 인생 계급장이지.
멘소래담 발랐어.

엄마, 세상 살아가는 게 쉽고도 어려운 것 같아.
사람은 이렇게 저렇게 살다 가는 건가 봐.

나는 엄마가 김서방 만나게 해줘서 잘 살고 있어.
그 때 엄마 말 듣기를 정말 잘했어.
외아들로 자랐어도 천성이 착해서
잘 도와주고 배려도 잘해줘.

같이 살 시간이 많이 남지 않아서
내 탓 네 탓 할 것도 없어.
서로 잠자고 있는 것만 봐도 안쓰러워.
주위에 우리보다 젊은 사람들도 저승으로
가는 걸 보고 있으면 허망해.

남은 인생 김 서방, 아들, 며느리, 애기들하고
행복하게 잘 살 수 있도록 노력할게.
엄마, 잘 있어.

"세연아, 요즘 손이랑 다리가 자꾸 붓는데, 사람들이 손 마사지기랑 족욕기가 효과가 있다고 하더라."

"아, 그래요? 제가 한 번 찾아볼게요."

"귀찮게 해서 미안하다."

"아니에요. 제가 미리 못 챙겨드려서 더 죄송해요. 어머니, 말씀해주셔서 정말 감사해요."

마흔이 넘은 아들, 며느리에게 그렇게 베풀어 주시고도 모자라 더 베풀어 줄 게 없는지 항상 안타까워하시는 우리 어머니. 정작 자신이 필요한 것을 이야기하실 때는 한참을 고민하고서야 겨우 말씀하시지요. 저는 어머니께서 필요한 것을 말씀해주시면 정말로 기분이 좋아요. 어머니께서 저를 믿어주신다는 생각이 들거든요.

"이런 건 쓸데없이 비싸고 자리만 차지하는데 뭐더러 샀냐?"

몇 년 전, 깜짝 선물로 안마의자를 사드렸을 때 어머니께서 말씀하셨죠. 그래도 한번 해보시라는 제 말에 마지못해 앉으셨다 안마 받으시면서 곤히 잠드신 모습 보고 정말 기뻤어요. 얼마 가지 않아 허리, 무릎, 심장 수술로 더 이상 안마의자를 사용하지 못한다고 하셔서 마음이 참 아팠어요. 이제 손 마사지기, 족욕기가 저 대신 우리 어머니의 손과 발을 주물러 줄 수 있어 좋아요.

'얼마나 불편하셨으면 마사지기를 찾으셨을까?' 한편으로는 마음이 무겁기도 했어요. 부안에 내려가 어머니 손과 발을 슬쩍 보고 깜짝 놀랐어요. 엄지손가락에는 쪽파 다듬을 때 쓰는 칼자국이 새겨져 있고 발뒤꿈치는 어지간한 가뭄의 논 저리가라 할 정도로 쩍쩍 갈라져 있었지요.

"어머니, 너무 아팠겠어요. 이렇게 될 때까지 왜 그냥 계셨어요?"

"바셀린 바르면 금방 낫는데, 뭣이라고 말을 하냐?"

껄껄 웃으시면서 말씀하시는데 그 웃음소리가 얼마나 슬펐는지 몰라요.

마사지기 하나 보내드리고 다행이라 생각하고 있던 저를 돌아보며 한숨지었어요.

"세연아. 내 손과 발이 이래도 애들 건강히 잘 커서 예쁜 며느리들까지 있으니 더 바라는 거 없다."

온 종일 햇빛을 거의 보지 못해 창백한 어머니 얼굴의 밝은 미소가 이날따라 더 짠하게 다가왔어요.

어머니, 진짜 바라는 거 없이 사실 수 있도록 제가 더 잘할게요.

높은 계급장을 가진 그 어떤 사람이 온다 해도 바꿀 수 없는 귀한 어머니 정말 존경해요.

싱숭생숭

: 편안한 마음으로 쉬세요

엄마, 오늘은 일요일이야.
아침에 시장 가려고 하니 김 서방이 못 가게 하네.
오늘도 하루 종일 집에서 누워 있어야 할 것 같아.
김 서방이 안 데려다 주면 혼자 못가.
운전도 못하고 다리고 아파서.

이제 옛날의 내가 아니야.
젊었을 때 일을 많이 해서 나이 들면
편하게 살 수 있으려나 했는데
그게 마음대로 안되네.

이럴 줄 알았으면 일 좀 적당히 할 걸.
이제는 몸을 아끼면서 살아야 될 것 같아.
예전에 엄마가 나처럼 다리 아파서 내 뒤에
천천히 걸어오면 빨리 오라고 채근했었지.
그 때 내가 참 미웠지? 미안해. 내가 철이 너무 없었어.
나는 죽을 때까지 안 아플 줄 알았어.
젊었을 때는 아무리 힘들어도 다음 날 거뜬했거든.
항상 그럴 줄 알았지.
휴우. 엄마, 미안해.

나는 지금 거실에 앉아서 텔레비전을 보고 있는데
창문으로 햇살이 쫙 들어오고 공기도 정말 좋아.
이렇게 좋은 날들이 많은데 왜 장사만 하고 있는 걸까 싶어.

엄마, 마음이 참 싱숭생숭해.
쉬고 싶다가도 내가 열심히 살아야 자식도 잘 되지 싶고.
사람 다 그렇지 뭐. 그래도 오늘은 진짜 쉴 거야.
여유롭게 엄마한테 편지도 쓰고, 좋네.
엄마도 좋지?
엄마, 또 보자.

'일요일'이라는 단어를 어머니께 들으니 참 신기해요.

어머니께 듣는 날짜와 관련된 단어는 매월 1일, 설, 추석, 단오, 김장철 등 시기를 나타내는 것들이었는데, 결혼 12년 만에 일요일이라는 단어를 듣네요.

불과 몇 달 전까지만 해도 매월 1일만 쉬셔서 우리 가족에게는 1일만 의미가 있었던 것 같아요. 이제는 어머니께서 매월 셋째 주 일요일에도 쉰다고 하시니 '이번 달은 셋째 주 일요일이 며칠이지?' 달력을 찾아보게 되네요. 삶이라는 게 참 재미있는 것 같아요. 저는 이제 달력에 두 번 동그라미를 쳐요. 우리 어머니 쉬시는 날은 낮에 안부 전화를 드리려고요.

"어머니, 오늘 잘 쉬셨어요?"

"응, 잘 쉬었어. 쉬면서 집 청소하니 개운하고 좋다. 이따 점심 먹고, 마당 청소하려고."

잘 쉬셨다고 하시는데 제가 듣기에는 다 일하신 이야기로 들리네요.

어머니 이제 좀 쉬시는 게 어떻겠냐는 제 말에 하도 일만 하고 살아서 어떻게 쉬어야 하는 건지도 모르겠다고 말씀하셨지요? 그 말씀이 너무 공감돼서 마음이 무거웠어요.

"내가 살아보니 별거 없다. 한 살이라도 더 젊을 때 많이 놀아야 한다.

나는 너희 편히 살게 하려고 열심히 일했으니 너희는 놀아라."

어머니께서 항상 하시는 말씀인데 사실 저도 낮에는 일하고, 아침, 저녁으로는 아이들 챙기는 생활을 하고 있어서 시간이 생기면 어떻게 쉬어야 하는지 잘 모르겠어요.

'진짜 쉴 거야!'

비장한 각오처럼 들리는 어머니 글을 보니 마음이 더 무겁네요.

보통 사람들은 그냥 쉬지요. '진짜'라는 단어로 마음을 가다듬고 강조하고 쉬지는 않거든요.

어머니, 진짜 쉬겠다는 비장한 각오 말고, 편안한 마음으로 쉬셔요.

그냥 그렇게, 우리 편히 살아요.

그때 내가 철이 덜 들었어
: 사돈집이 아니라 친정이네요

엄마, 명절이 다가오니 양애가 땅 속에서
일 년 동안 크다가 시장에 나왔네.
엄마가 양애, 소고기, 대파 꼬치로 만들어
구워줬던 게 생각나.
외할머니도 요리를 그렇게 잘했다더니
엄마가 외할머니 닮아서 요리를 참 잘했어.

동네 큰 잔치 음식 준비할 때마다
부안 댁이라 불리던 엄마를 꼭 모셔갔잖아.
하늘나라에서도 그러는가 궁금하네.

내가 나이 먹고 아파보니 후회가 많이 돼.
엄마 병원 다니실 때 나는 장사가 뭐라고
자주 찾아가지도 못하고 그랬나 몰라.
내가 너무 부족한 딸이어서 정말 미안해.

엄마 속으로 나를 많이 원망했지.
그때 내가 철이 덜 들었어.
욕심이 많아서 가게 쉴 생각을 못했어.
엄마 용서해줘.

그래도 내가 엄마 좋은 옷 많이 선물했잖아.
한번은 투피스 맞춰서 엄마한테 선물하고
집에 돌아오다 교통사고 나서 혼났어.
차도 다 부서졌는데 그래도 장사한다고
병원에서 치료를 안 받아서 뒷목이 아파서
엄청 고생했어.

지금 생각해 보면 내가 지독히도 멍청했었나 봐.
그까짓 돈이 뭐라고.

그래도 지금은 엄마가 맺어준 김서방이
잘 도와줘서 잘 살고 있어. 고마워.
엄마 보고 싶다. 사랑해.
안녕.

엄마가 해주시던 요리를 떠올리는 어머니의 글을 보며 저도 어머니가 해주시던 음식들이 떠오르네요. 워낙 다양한 음식들을 많이 해주셨지요. 그 중에서 기억나는 음식은 간장게장이에요.

제가 결혼하고 얼마 안 돼서 어머니께서 간장게장을 해주셨지요. 평소에 간장게장보다 양념게장을 좋아해서 처음에는 당황했어요. 어머니께서 맛있다고 한번 먹어보라고 손수 살을 발라서 한입 가득 먹여주셨잖아요. 너무 맛있어서 제가 정신없이 먹다보니 어느새 게 껍데기가 산더미만큼 쌓여있어 민망해서 크게 웃었던 기억이 나요.

며칠 뒤 제가 친정에서 주로 양념게장을 먹었다고 했던 걸 기억하시고 어머니께서 간장게장을 김장김치 담는 통에 담아서 친정집에 택배로 보내셨다고 하셨을 때 정말 감사하면서도 한편으로는 걱정했어요. 가족들은 간장게장을 좋아하는 편이 아니라 귀한 음식 다 못 먹으면 어떻게 하나 싶어서요.

주말에 친성 갔더니 평소 손에 음식 묻는 거 별로 안 좋아하시고 비린 음식 안 드시는 입이 짧으셨던 아빠가 게살을 직접 발라 제 수저에 올려주시고 국물에 밥 비벼 드시면서 요즘 간장게장만 있으면 밥 한 그릇 뚝

딱이라고 정말 맛있다며 극찬을 하셔서 제가 얼마나 감동 받았었는지 몰라요. 그 때는 아빠가 게장이 정말 맛있어서 그러시는 줄 알았는데 엄마가 그러시더라고요. 너를 얼마나 예뻐하시면 사돈집에 간장게장 한통을 직접 담궈서 택배로 보내시겠냐고. 생각해보니 어머니 사랑이 정말 어마어마한 거였어요. 그 후로도 어머니는 해마다 고춧가루부터 젓갈 등 산지에서만 구할 수 있는 각종 귀한 식재료들을 보내주셨지요. 엄마는 사돈집이 아니라 친정에서도 이렇게 챙겨주지는 못한다며 정말 고마워하셨어요. 제가 어머니께 느끼는 감사함은 말로 표현할 수 조차 없네요.

어머니 귀한 음식 솜씨와 넓은 마음 씀씀이는 친정 어머니 닮으신 거였군요. 덕분에 제가 누리네요. 정말 감사해요.

저는 어머니께서 병원에 찾아가는 시간은 많이 못 내셨지만 때마다 예쁜 옷 골라 선물하는 따뜻한 마음을 친정 어머니도 충분히 느끼셨을 거라 생각해요. 그러니 더는 미안해하지 않으시면 좋겠어요. 하늘에 계신 친정 어머니도 어머니께서 속상해하시는 거 알면 얼마나 마음이 아프시겠어요.

어머니 가게 일은 건강 생각해서 조금씩 줄여나가고 행복은 늘려나가요. 저는 어머니, 아버지께서 주시는 과분한 사랑 덕분에 잘 살고 있어요.

정말 감사해요.

엄마의 외로움
: 친정 어머니 생각이 나요

엄마,
오늘은 엄마가 아빠 간병하며
병원에 계실 때 생각이 나네.
그때는 몰랐는데
내가 병원에서 생활을 해보니 알겠어.
병원에서 아빠 간병하면서
얼마나 외롭고 힘들었어?

빨리 낫는 병도 아니고 아빠가
뇌수술을 2번이나 했으니

엄마 간이고 쓸개고 다 녹아내렸을 것 같아.
아빠가 건강하실 때 요조숙녀 같던
엄마를 많이 좋아했어.
엄마는 얌전하고 말도 조용조용하고 그랬잖아.

나는 그게 좀 답답했어.
내가 엄마한테 많이 대들었잖아.
엄마처럼 안 산다고. 지금 생각해 보면
그때는 내가 당돌했어.
나는 동네에 사납다고 소문났었잖아.

김서방이 너무 순해서 나같은 여자를 선택한 거래.
나는 일찍 시집가기 싫어서
금이 비쌀 때였는데, 금팔찌 안 해주면
시집 안 간다고 고집을 부렸었지.
근데 금팔찌를 해준다고 해서 결혼했잖아.
지금 생각하면 그때 결혼을 참 잘한 것 같아.

엄마 생각하면 고생만 하던 모습이 생각나.

나도 엄마가 고생한 그 나이를 지나가고 있어.
나는 엄마보다 10배, 20배 잘살고 있어.
내가 엄마 계신 곳에서 잘 쉬시라고
하느님, 부처님께 기도 많이 할게.
편안히 쉬세요.

엄마, 사랑해.
안녕.

어머니 글을 보니 친정어머니 생각이 나요. 아빠는 제가 초등학교 5학년 때 큰 사고를 당하셔서 고등학교 2학년 때까지 병원에 계셨어요. 병원 생활이 그렇게 길어질 거라고는 생각도 못했어요. 처음에는 아빠가 지방 대학병원에 입원하셔서 엄마가 1년에 가까운 시간을 병원에서 숙식하며 간병하셨어요. 병원 6인실에서 환자 침대 밑에 딸린 간이의자에서 잠을 주무셨는데 그때는 제가 어리고 체구가 작을 때라 그 의자가 그렇게 작은 줄 몰랐어요.

몇 년 전 남편이 병원에 입원했을 때 간이의자에 누웠는데 차렷 자세밖에 할 수 없을 만큼 좁고 움직일 공간이 전혀 없더라고요. 그런 공간에서 교대해 줄 사람도 없이 아픈 아빠 옆에서 엄마는 혼자서 어떻게 버티셨을지 생각하니 정말 죄송하고 마음이 아프더라고요.

그 후 아빠는 우리 집 근처 병원으로 옮겨 입원하셨어요. 처음에는 보고 싶은 마음에 시간만 나면 병원에 갔어요. 입원 기간이 길어지면서 병원에 가는 횟수가 점점 줄어들었던 것 같아요. 그 긴 시간을 엄마는 묵묵히 낮에는 일, 밤에는 간병, 아침에는 저희 삼남매를 챙기며 버텨내셨거든요.

저는 엄마가 많이 힘들어 보였지만 '엄마는 어른이니까 할 수 있는 건가 보다.'라고 생각했어요. 지금 제 나이보다 더 어린 30대 중후반에 불과한 여인이었는데. 얼마나 힘드셨을지 상상도 못 하겠어요. 어머니 글 읽다 친정어머니 생각이 나서 울컥하네요. 더 잘해드려야겠어요.

어머니가 10배, 20배 행복하시다는 글 보니 정말 다행이라는 생각이 들어요. 저도 어머니가 계셔서 정말 행복하거든요. 우리 앞으로 더 행복하게 살아요.

항상 건강하시고 편안히 쉬세요.

어머니, 사랑합니다.

세상 사는 일이 만만치 않아
: 사랑한다고 말씀드리고 싶어요

엄마,
엄마가 있는 곳은 살기 좋아? 어때?
옛날 어른들은 일은 많이 하는데 제대로
먹지도 못하고 사니까 차라리 빨리 죽는 게
낫겠다는 말을 했다고 하네.

엄마 요즘 시대는 120세 시대라고 해.
엄마도 이 시절에 태어나서 좋은 거 먹고
잘 살다 갔어야 했는데 힘들 때 태어나서
고생 많았어.

나는 큰 수술을 많이 해서 정말 힘들었어.
수술을 여러 번 해봐서 괜찮은 게 아니라
할 때마다 점점 더 겁이 났어.
병원에서 신발벗고 침대에 누워서 기다리고 있으면
선생님들이 수술실로 옮겨줘.
나는 벗어 놓은 신발 다시 신을 수 있을까 무서웠어.
다행히 지금 장사하면서 글도 쓰고 있어 감사해.

엄마는 하늘나라에서 막걸리 말고
아빠랑 좋은 음식 많이 드시고
좋은 곳 구경도 많이 다니고 그래.

아빠가 나를 정말 예뻐해 주셨어.
예쁜 옷들도 많이 사주시고,
짜장면도 비쌀 때였는데 자주 사주시고
아빠 아프시기 전에 우리 정말 좋았는데
아빠가 아프셔서 그 많던 논 다 팔아서
병원비로 쓰고 가실 줄 누가 생각이나 했셨어.

세상 사는 일이 만만하지 않은 것 같아.
그때는 어려웠지만 우리 3남 1녀 열심히 일해서
지금은 다 잘 살아.

어영부영 내 나이가 일흔에 가까워가네.
애들도 얼마나 잘하는지 사는 게 재밌어.
나는 엄마처럼 빨리 떠나고 싶지 않아.
애들이랑 오래 재밌게 살고 싶어.
엄마는 뭣이 바빠서 우리 곁을
그렇게 빨리 떠나갔어.

나는 요즘 자고 일어나면 뼈가 아파.
오늘은 아침에 병원 가서 링거 맞고 왔어.
힘내서 잘 살아보려고.

엄마도 힘내고 잘 지내고 있어.
안녕.

어머니 무릎 수술하셨을 때 생각이 나요. 집에서도 가게에서도 대장부처럼 기세 넘치던 어머니께서 힘없이 병실에 누워계셨는데 다리가 핏기 하나 없는 것처럼 너무 하얗고 앙상해서 마음이 아팠어요.

제가 분위기를 바꿔볼 겸 어머니 다리가 하얗고 예쁘다며 비결이 뭔지 알려달라고 말씀드렸더니 평소에 햇빛 볼 일이 없어 그렇다고 하셨지요. 생각해 보니 정말 그렇더라고요. 해뜨기 전 시장 안에 있는 가게로 출근하셔서 해가 지고 나서야 가게 문을 닫고 퇴근하시니 평생 해를 볼 기회가 없으셨던 것 같아요. 재활하시는 동안 저랑 햇빛도 보고 놀러다니자고 약속했었는데 어머니는 다리가 아파 놀러다니는 건 힘들고 집은 답답하다며 결국 재활기간 다 채우지도 않으시고 다리를 절뚝 거리시며 가게로 향하셨지요.

수술 어떠셨냐고 여쭤봤을 때 앞집 이모도 하고 시장 손님도 하고 나만 하는 거 아니라며 담담하게 아무렇지도 않았다고 하셔서 그런 줄 알았는데 많이 무서우셨군요. 그런 줄 알았으면 수술 전에 가서 더 응원해 드렸을 텐데 멀리 산다는 핑계로 그러질 못 했네요. 죄송해요. 앞으로는 제가 옆에서 든든하게 버티고 있을게요.

오늘 어머니 글 읽으면서 참 좋았어요. 어머니가 어린 시절 아빠 사랑을 받는 모습이 그려져서요. 3남 1녀 중 외동딸이었던 어머니를 얼마나 예쁘게 키우셨는지 느껴져요. 예쁜 옷 입고 아빠랑 중국 음식점에서 짜장면 먹는 어머니는 얼마나 귀여운 소녀였을까요. 그 귀여운 소녀를 지금 제가 만날 수 있다면 두 손으로 번쩍 안아서 빙그르르 돌고 싶어요. 그럼 꺄르르 웃겠지요? 웃는 어린 소녀를 안고 볼을 부비부비 해주고 싶어요. 그리고 아주 많이 사랑한다고 이야기해주고 싶어요.

글 쓰다 보니 지금 우리 어머니 만나서 안아드리고 싶어요.

그리고 큰 소리로 고백할 거에요.

"어머니 아무리 바쁘셔도 어디 가시면 안돼요.

우리 곁에 오래 오래 계셔주셔야 해요.

저도 어머니랑 재밌게 오래 살고 싶어요!

제가 많이 사랑해요. 건강하세요."

마음은 청춘인데 몸이 말을 안 들어
: 천사보다 더 천사같은 아버지

엄마,
오늘은 쉬는 일요일 아침이야.
일어나보니 밤새 폭설이 내려
마당에 예쁘게 쌓였어.

엄마 내 마음은 청춘인데 몸이 말을 안 들어.
나가서 눈도 만져보고 좀 걷고 싶은데
미끄러지면 큰 일 난다고 김서방이 절대 못 나오게 해.
나도 생각해보니 그게 정답인 것 같아.
이제 미끄러져서 병원에 누워있으면 큰일이야.

눈 보러 나가고 싶어도 참아야지.
현관에서 소나무 위에 눈 쌓인 것만 보고 있어.

내가 엄마 나이가 되고 보니 세월이 야속해.
맛있는 걸 먹고 싶어 샀어도 양이 줄어서
많이 먹지도 못해.
이제는 모든 것을 절제하며 살고 있어.

민소한테 전화해서 여기 눈이 많이 왔다고
말해줬더니 사진 좀 찍어서 보내달라고 하네.
안양에는 눈이 안왔대.

김서방한테 말하니 바로 나가 사진 찍어 보내주네.
김서방은 애들한테 참 잘해.
나도 나가서 눈 좀 더 보고 올게.
엄마, 잘 있어.
사랑해.
내일 또 봐.

어머니 쉬시는 일요일에 눈이 내려서 다행이네요. 가게 가셔야 하는데 눈 오면 길도 미끄러워 위험하고 손님들도 많이 안 계실테니 여러모로 좋네요. 안양에서 눈 오면 창문으로 보거나 기껏해야 애들이랑 놀이터에서 눈싸움 조금 하다 들어오는데 부안에서는 애들 아빠랑 아버님께서 삽으로 눈 퍼서 마당에 미끄럼틀 만들어 주면 민소랑 도원이가 시간가는 줄 모르고 손, 발이 꽁꽁 얼때까지 놀다 들어왔잖아요. 그럴 때마다 애들은 할머니, 할아버지랑 부안에서 살자고 노래를 부르곤 했지요.

눈 많이 온 날, 또 한번은 애들이랑 마을 산책하는데, 밭이랑에 눈이 쌓였는데 꼭 운동장 레인 같았어요. '1번 레인 김정현, 2번 레인 권세연, 3번 레인 김민소, 4번 레인 김도원' 중계방송까지 하며 신나게 왕복 달리기를 하며 놀고 있었는데 어르신 한분이 나오셔서 깜짝 놀라시며 혼을 내셨지요.

"이 양반들아, 봄 농사 지으려고 씨 뿌려놨는데 뭣들 하는 겨."

멋쩍어진 저희는 죄송하다고 연신 말씀드리고 어쩔 줄 몰라 가만히 서있었어요. 애들도 놀라 저와 남편 바짓가랑이를 붙잡고 뒤로 숨어 어르신의 처분을 기다렸지요. 어르신도 생전 처음 가족 달리기 선수단을 겪으시고 기가 찬 상황에 저희 얼굴을 한참 바라보다 남편 얼굴을 알아보시더니 호탕하게 웃으시며 말씀하셨지요.

"가만 보자, 재덕이 아들이여? 네가 이렇게 많이 컸어?"

어르신께서 아버님 이름을 말씀하시며 웃으시니 숨 막힐 듯한 긴장감에서 벗어날 수 있었어요. 저희는 어색하게 따라 웃으며 맞다고 대답하니 다음부터는 그러지 말라며 보내주셨던 기억이 나네요. 그 날 저녁에 어머니가 퇴근하고 오셔서 말씀하셨지요.

"세연아, 오늘 애들이랑 밭에서 달리기 했어?"
"어머니, 어떻게 아셨어요?"
"세연아, 내가 애들 어릴 적에도 애들이 순해서 동네사람들한테 잘못했다는 이야기를 들어본 적이 없거든. 근데 낮에 앞집 아저씨가 가게에 와서 우리 집 애들이 뛰어다녀서 밭 비닐이랑 다 망가졌다고 해서 씨값이랑 다 물어줬어."

껄껄 웃으시며 이야기하시는데 어찌나 죄송하던지요. 그런데 어머니는 너희가 재밌게 놀았으면 괜찮다고 하시며 한참을 더 웃으셨지요. 어머니 웃으시는 모습 보니 찝찝했던 기분은 사라지고 뭔가 재미있는 추억이 생긴 것 같아 참 좋았어요.

아버님께서 눈 찍어 사진 보내 주신 날, 민소가 할머니, 할아버지 보러 부안가자고 조르던 기억이 나요. 아버님은 정말 사랑이 많으신 분이예요. 저는 핸드폰에 아버님을 '존재자체로 반짝이는 아빠빠'라고 저장해놨어요. 아버님은 정말 하늘에 계신 제 친정아버지가 선물로 보내주신 분 같아요.

신혼 초, 저녁 먹고 제가 설거지 하려는데 먼 길 내려오느라 힘들었을 거라고 거실에서 편히 쉬라고 하셨지요. 어떻게 그러냐며 제가 하겠다하니 직접 하시는 게 아버님 마음 편하다고 등 떠밀어 내보내셨지요. 제가 거실에 어정쩡하게 앉아 계속 아버님을 보고 있으니 그렇게 보고 있으면 불편하다고 하셔서 저는 어머니와 거실에 나란히 누워 쉬고 운전하느라 피곤한 남편은 방에서 코를 골며 잠을 잤지요. 며칠 뒤 친정어머니께 말씀드렸더니 눈이 동그래지시면서 다음부터 그러면 안 된다고 신신당부를 하셨어요. 그 후에는 안 그러려고 했는데 실랑이 끝에 항상 아버님은 주방, 저는 거실에 있는 상황이 반복되곤 했었지요.

제가 두 번의 유산 뒤에 민소 임신했다고 말씀드렸을 때 아버님은 몇

십 년 피우시던 담배를 그 날 바로 끊으셨지요. 이번에는 아기가 꼭 올 거라고. 우리 아기를 담배 냄새 나는 손으로 안을 수 없다는 아버님의 뜨거운 사랑과 응원은 심장이 머물 자리가 없을 만큼 제 몸 한 가득 차게 감동이 몰려와서 정말 울컥했어요. 10년이 훌쩍 지난 지금도 금연하고 계시는 모습은 정말 존경스럽고 감사해요.

두 아이 모두 여름 출산이라 가만히 앉아있어도 땀이 줄줄 흐르는 한여름. 마당 한복판에 불을 피우고 사골을 끓여 혹시라도 상할까 꽁꽁 얼려 스티로폼 상자에 담아 택배로 수차례 보내주신 덕분에 양질의 모유 수유 잘해서 아이들도 건강히 잘 크고 있어요.

세상에 둘도 없는 천사보다 더 천사 같은 우리 어머님, 아버님께서 만들어주신 행복과 사랑이 넘쳐나는 울타리 안에서 제가 마음껏 뛰어 놀 수 있도록 해주셔서 진심으로 감사해요. 오래오래 건강하게 함께 살아요.

마음 다해 진심으로 사랑합니다.

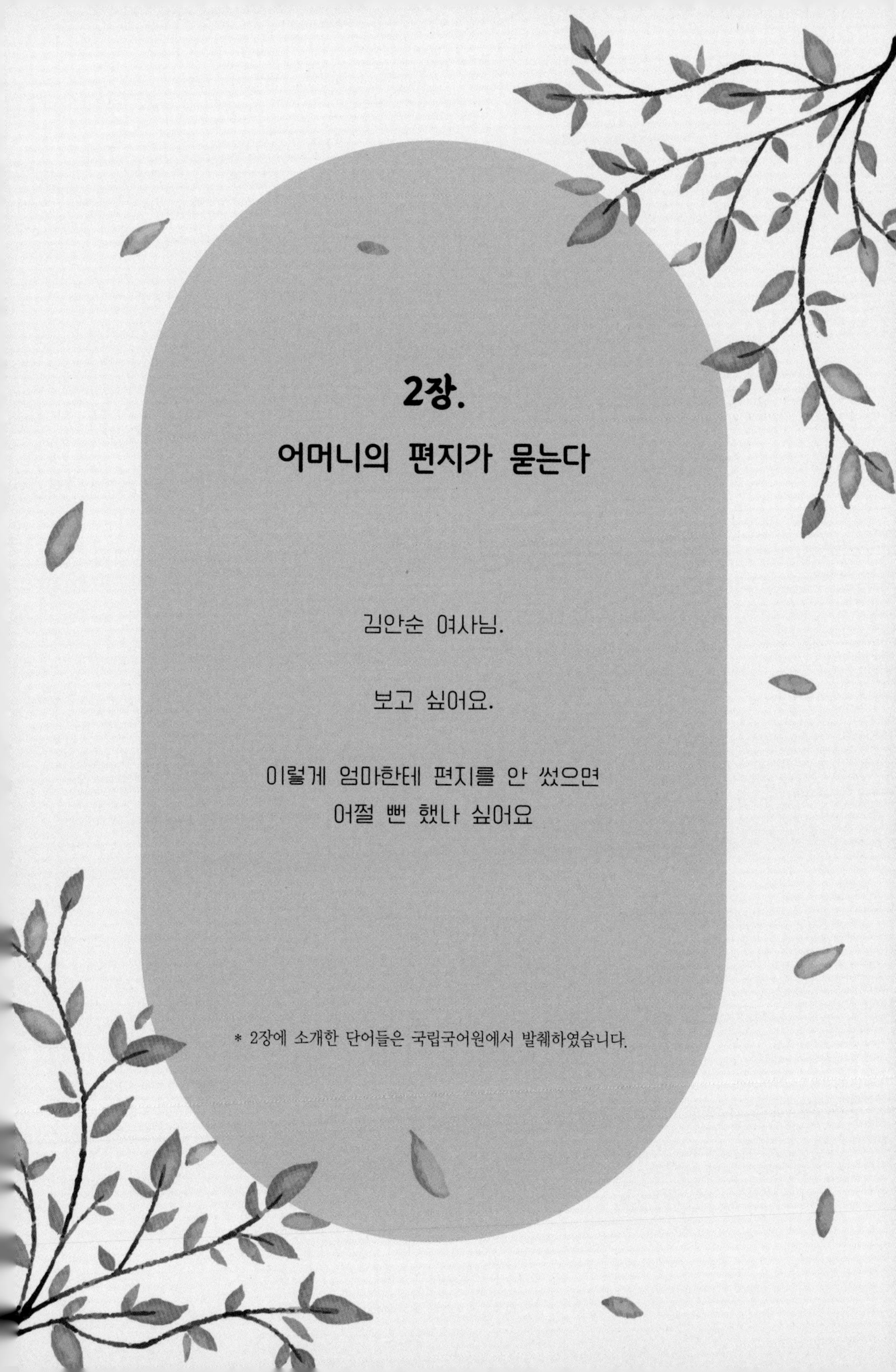

2장.

어머니의 편지가 묻는다

김안순 여사님.

보고 싶어요.

이렇게 엄마한테 편지를 안 썼으면
어쩔 뻔 했나 싶어요

* 2장에 소개한 단어들은 국립국어원에서 발췌하였습니다.

조금 더 잘할 걸

: 후회

엄마, 오늘은 장사 끝나고 몸도 마음도 홀가분해.
엄마도 그랬지?
명절이 돌아오니 엄마 생각이 많이 나네.

엄마, 내가 아프기 전까지는 사골 곰탕 끓이고,
김치, 꽃게 무침, 부침개, 송편 이것저것 해서
애들 잘 먹는 거 보면 참 좋았는데 이번 추석은
전이고 떡이고 다 돈 주고 샀어.
너무 힘들어. 잘했지?

엄마는 어떻게 시장에서 장사하는 것을 배웠어?
그 때는 힘드니까 뭐든 해야 했지?
나는 어쩌다 엄마랑 같은 길을 가고 있는 걸까.
어떻게 했어? 이 힘든 일을.
나는 그래도 땡볕에 나가서 일하는 것보다
장사가 낫다 생각하면서 했던 것 같아.

엄마에게 항상 부족했던 딸이
이제야 철이 들었는지 후회를 많이 해.
엄마에게 좀 더 잘할 걸.

엄마가 옆에 없어도 이렇게
엄마를 부를 수 있어서 참 좋다.
이렇게 글 안 썼으면 나를 돌아볼 새도 없이
일만 하고 살아갔겠지?

엄마, 나도 벌써 엄마 나이를 넘어가고 있어.
그래도 걱정하지 마.
애들도 잘하고 지금 생활에 만족하며 살고 있어.

오늘은 너무 피곤하네.
잠 한숨 자고 내일 또 만나.
엄마도 편히 쉬고 있어.

엄마, 사랑해.

후회

[명사]

이전의 잘못을 깨치고 뉘우침.

Q.

1. 당신이 앞으로 하지 않으면 후회하게 될 일은 무엇인가요? 이유는 무엇인가요?

2. 1번의 실행을 위해 지금 당장 해야할 일은 무엇인가요?

엄마 마음, 내가 알지
: 천국

엄마, 오늘은 시장이 한가하네.
엄마가 장사할 때는 여름엔 더워서 땀띠나고
겨울엔 연탄불에 데여 물혹 났잖아.
지금은 여름에는 에어컨 켜고
겨울에는 난방 틀고 천국이야.

이래도 한 세상 저래도 한 세상이라 하면서도
자식 걱정에 더 열심히 살아야 한다던
엄마 말이 가슴에 콕 박혀 있어.
나도 엄마 마음 닮아서 이왕 사는 거

열심히 살아야지 마음먹어.
엄마가 자랑하고 싶은 딸이 되고 싶어서 노력 많이 했어.

엄마가 하늘에서 내려다보고 계신다면
나한테 뭐라 말해 주고 싶을까?
"영자야, 이제 네 몸 좀 돌아보고 좋은 것도 사 먹고
좀 편히 살다가 엄마 곁으로 오너라."
이렇게 말할 거지?

엄마 마음, 내가 알지.
엄마를 잊어버리고 살다가 이렇게 엄마를 불러보니
엄마가 내 주위에 있는 것 같아.

엄마는 75세에 돌아가셨지?
나도 엄마 따라 가려면 얼마 안 남았네.
100세까지는 아니더라도 너무 빨리 가셨어.

엄마, 보고 싶어.
엄마 생각하면 그리움만 쌓이네.

천국

[명사]

신불(神佛)이 있다는 이상(理想) 세계

Q.

1. 당신에게 천국이란 어떤 곳인가요? 천국에서 들리는 소리, 보이는 풍경을 적어주세요.

2. 오늘 당신이 원하는 모든 것을 가질 수 있고, 누릴 수 있습니다. 다만 내일 아침 숨을 거둡니다. 누리시겠습니까?

그냥저냥 살면서
: 생활력

엄마, 금요일 시장 안은 불가마처럼 뜨거워.
그래도 재미있어.

마을금고 여직원이 출자금 받으러 왔네.
"더운데 고생이 많아, 좀 쉬어."
"이모, 이렇게 다녀야 돈이 나와. 덥다, 이제 쉬려고."
"그려. 그 말이 맞네."
사람 사는 모양이 제각각이야.

시장 사람들은 생활력 빼면 시체라서

예전에는 하루도 안 쉬고 일했어.
이제 다들 60대 중후반 지나니 상인회에서
한 달에 2번 쉬자는 의견이 나왔는데
다들 흔쾌히 그러자고 하네.

지금은 점심시간.
손님이 뜸해서 잠이 올 것 같아서
'미스 트롯' 보고 있어.

엄마, 거기 생활은 어때?
엄마도 졸려?
엄마랑 함께 있는 사람들은 뭐해?
심심할 때도 바쁠 때도 엄마 생각이 많이 나.

나는 엄마가 정말 보고 싶을 때는 가끔
동요 가사를 이렇게 바꿔서 불러 보기도 해.
'텔레비젼에 엄마 나왔으면 정말 좋겠네. 정말 좋겠네.'

엄마, 글로 또 만나자.
사랑해.

생활력

[명사]
사회생활을 유지하는 데 필요한 능력. 특히 경제적인 능력.

Q.

1. 삶을 살아가게 하는 당신의 생활력은 무엇인가요?

2. 당신이 삶을 살아가는데 있어 생활력 이외에 있었으면 좋을 ○○력은 어떤 것이 있을까요? 그 ○○력이 생기면 당신의 삶에 어떤 변화가 생길까요?

그새 보름달이야
: 시간

엄마,
또 새 날이 왔어.
엄마,
우리 가족 지켜줄 거지?
그렇게 믿을게.

내일 아침엔 냉동실에서 조기 꺼내 놓고
저녁에 와서 솥에 쪄야겠어.
잊어버리고 있었는데 이렇게 펜을 들고 쓰니 기억이 나네.

세월이 참 빨라.
엊그제 초승달이더니 그새 보름달이야.

엄마가 하늘에서 내려다보면서
“아이고, 우리 딸 수고했다.” 칭찬해주고 있겠지?
“이제 좀 쉬면서 살살 일해.” 걱정해주고 있겠지?
그래도 아직은 쉬면 안 될 것 같아.

내일 저녁에는 바빠서 글 못 쓸 듯해.
그래서 오늘 엄마 생각 더 많이 하면서 글 썼어.
또 시간은 잘 흘러갈 거야.
그리고 나는 또 엄마에게 글 쓸 거고.
이럴 땐 시간 잘 가는 게 좋아.

엄마, 사랑해.
또 봐. 안녕.

시간

[명사]

1. 어떤 일이 시작되어 끝날 때까지의 동안.
2. 어떤 일을 할 여유.

Q.

1. 당신이 살면서 가장 자랑스러웠던 시간은 언제인가요?

2. 시간여행을 할 수 있다면 어느 시점에서 무엇을 하고 싶은가요? 이유는 무엇인가요?

얌전한 엄마, 씩씩한 나
: 이름

엄마,

오늘은 일어나니까 새벽 3시 45분이야.

자다 깨고 자다 깨고, 깊은 잠을 못 자겠어.

엄마가 보고 싶어.

이렇게 편지를 안 썼으면 어쩔 번 했어?

엄마가 너무 얌전해서 이름도 '김안순'으로 지었다 했잖아.

외할머니한테 들었어.

나는 엄마를 안 닮았어.

나 키우느라 힘들었지?
엄마한테 좀 더 잘 할 걸.
나는 엄마같이 안 살겠다고 소리쳤던 게 후회 돼.
그래도 씩씩하게 살아 온 내 삶은 후회 없어.

엄마 살아 계시면
엄마 인생은 인생대로 인정해 드리면서
엄마 모시고 좋은 곳 다니고 맛있는 거 먹고 할 텐데.

엄마, 미안해.
그리고 나 키워줘서 고마워.
이렇게라도 내 마음 전하니까 받아 줘.

내일 또 보자.

이름

[명사]

1. 다른 것과 구별하기 위해 동물, 사물, 현상 등에 붙여서 부르는 말.
2. 외모나 성격, 행동 등의 특징 때문에 사람들에게 불리는 말.
3. 세상 사람들이 훌륭하다고 인정하는 평가와 그에 따르는 영광.
4. 어떤 일을 하려고 할 때 내세우는 구실이나 의의.

Q.

1. 당신의 이름을 적고 3초간 지긋이 바라봐 주세요. 어떤 마음이 들었나요?

2. 1년, 10년, 30년 후 당신의 이름을 적고 바라봤을 때, 어떤 마음이 들면 좋을까요? 그러기 위해서 지금 어떤 행동을 시작하면 좋을까요?

행복하자

: 엄마

속 깊은 우리 엄마.
그 옛날 어려운 삶을 어떻게 살았을까.
남자들 틈에서 마음 터 놓을 사람도 없었잖아.
진짜 대단해.

나는 우리 며느리들한테 모든 이야기 다 해.
며느리들이랑 내 마음이랑 탁! 통하는 데가 있어서
얼마나 고마운지 몰라.
덕분에 몸과 마음이 힘들어도 재미있게 살고 있어.
이렇게라도 엄마를 불러 보니까 너무 좋아.

엄마를 잊어버리고 살다가 글 쓰면서 불러보니
엄마가 내 옆에 있는 것 같아.
앨범 꺼내서 엄마 얼굴 한 번 봐야겠어.

지금은 밤 9시 40분이야.
밖에서 귀뚜라미가 울고 있어.
엄마, 다음 생에 우리 다시 만나면
아무 걱정 근심 없이 행복하게 살다 가자.

엄마, 잘 있어.

엄마

[명사]

1. 격식을 갖추지 않아도 되는 상황에서, '어머니'를 부르는 말.
2. 자녀 이름 뒤에 붙여, 아이가 딸린 여자를 이르거나 부르는 말.

Q.

1. 엄마를 계절에 비유해 볼까요? 이유는 무엇인가요?

2. 지금 엄마에게 제일 먼저 하고 싶은 말은 무엇인가요?

내가 부르면 밑에 내려다 봐줘
: 기도

오늘은 추석이야.
보름달이 뜰랑가 안 뜰랑가 구름이 끼어 있어.

엄마,
세월이 참 빨리 가네.
애들 다 왔다 가고 올 추석도 무사히 잘 넘어갔어.

월요일부터 가벼운 마음으로 시장에 가겠지.
코로나 때문에 동네 언니들이 집에 내려가질 않아.
그래서 시장에 나가면 다양한 사람 구경을 해.

앞으로는 또 어떻게 세상이 변할지 걱정이 되네.

하느님, 부처님이 화가 나셨나?

엄마, 기도해 줘.

나도 아침마다 싱크대 위에 물 한 사발 떠놓고 기도하고 있어.

'우리 자식, 며느리, 손자들 앞길 훤히 밝혀 주세요.

나쁜 마음 먹지 말고 살게 해 주세요.'

이렇게 기도하면 몸과 마음이 가벼워져.

엄마,

오늘은 하루 종일 먹고 자고 먹고 자고 했어.

오늘 밤이 가기 전에 보름달이 뜨면 엄마랑 아빠 불러볼게.

내가 부르면 밑에 내려다 봐줘.

엄마, 사랑해.

기도

[명사]

1. 어떤 일을 이루려고 꾀함. 또는 그런 계획이나 행동.
2. 인간보다 능력이 뛰어나다고 생각하는 어떠한 절대적 존재에게 빎. 또는 그런 의식.

Q.

1. 지금 당신의 기도가 이루어진다면 어떤 기도를 하고 싶으신가요? 이유는 무엇인가요?

2. 당신의 기도가 이루어졌습니다. 어떻게 기도가 이루어졌는지 방법을 묻는 지인들에게 어떤 이야기를 들려주실 건가요?

돈 주고도 못 하는 경험이잖아
: 경험

엄마,
오늘은 월요일이야.
이틀 쉬었으니 일하러 나가봐야지.
엄마가 걸어갔던 길을 내가 고스란히 따라가고 있네.
참 신기해.

큰 수술을 여러 번 하고 나니 시장 사람들이
이제 저 집은 장사 못한다고 했다네.
그런데 아프고 나니 장사를 더 잘 하고 있어.
이게 다 하느님, 부처님 덕분인가 봐.

앞으로 더도 말고 덜도 말고 쭉 이렇게만 가면 좋겠어.

지금까지 시련, 고통, 외로움, 많이 겪으면서 살았어.
속내를 이야기할 사람이 엄마밖에 없었는데
엄마도 일찍 하늘나라로 올라가시고 혼자 힘들었어.

이제는 며느리가 둘이나 있으니까 참 좋아.
모든 일이 순리대로 돌아가고 있는 것 같아.
고생을 많이 했지만 후회는 하지 않아.
그만큼 사회공부 많이 했잖아.
경험은 돈 주고도 못 사는 거고.

엄마를 보고 싶어 하는 마음도 귀하고,
엄마가 했던 일을 이어서 하고 있는 경험도 귀하고,
내 가족이 곁에 있고 행복하다는 감정을 느끼는 것도
귀하고 말이야.

참!
글 쓰고 있는 내가 신기하다는 경험도 추가해야겠어.

엄마, 나 잘 살고 있어.

걱정 말고 오늘도 편히 쉬어.

엄마, 사랑해.

안녕.

경험

[명사]

1. 자신이 실제로 해 보거나 겪어 봄. 또는 거기서 얻은 지식이나 기능.
2. 객관적 대상에 대한 감각이나 지각 작용에 의하여 깨닫게 되는 내용.

Q.

1. 당신이 경험했던 일 중에 가장 최고의 순간은 언제였나요? 그 순간을 위해 당신은 어떤 노력을 했나요?

2. 앞으로 당신이 경험하고 싶은 순간을 사진으로 볼 수 있다면 어떤 모습인가요? 그 순간을 위해 오늘 당신이 할 수 있는 첫 걸음은 무엇인가요?

보름달, 호박, 고양이
: 집

엄마,
오늘 밤에는 백 년에 한 번 볼까 말까한 엄청 큰 달이 뜬대.
눈 좀 붙이려니 며느리한테 전화가 왔어.
밖에 나가 달 보면서 소원 빌어 보라고 하길래 다녀왔어.
엄마 계시는 하늘나라, 달도 뜨고 별도 뜨고 모든 것이 잘 있지?

다른 집에는 호박이 안 열렸다는데
우리 집은 둥근 호박, 찰 호박이 풍년이야.
백 개도 더 따왔어.
아침에 여섯, 일곱 개씩 가게 앞에 갖다 놓으니

우리 가게가 눈에 확 들어와.
무슨 조화인지 모르겠어.
엄마랑 하느님, 부처님이 우리 집을 잘 도와주시나 봐.
열심히 살고 있어서 복 받는 것 같기도 해.

참!
길고양이가 새끼를 낳아서 대가족이 되었어.
다른 집은 안 가고 꼭 우리 집에 와 있어.
다섯 마리나 돼.
잘 돌봐 주고 있어. 불쌍하잖아.

달 보면서 더 빌어야 될까 봐.
다른 집에도 호박이 잘 열리게 해 달라고,
다른 집에도 복 많이 주라고,
불쌍한 생명체들도 돌봐 달라고 말이야.
엄마도 도와줄 거지?

크고 큰 보름달만큼 보고 싶은 우리 엄마,
잘 지내고 있어.
또 편지 쓸게.

집

[명사]

1. 사람이나 동물이 추위, 더위, 비바람 따위를 막고 그 속에 들어 살기 위하여 지은 건물.
2. 가정을 이루고 생활하는 집안.

Q.

1. 오늘 마법이 일어나 집에서 당신을 힘들게 하는 것이 사라졌습니다. 사라진 것은 무엇이며, 지금 당신의 기분은 어떤가요?

2. 당신의 집에서 만족스러운 부분은 무엇이며, 어떤 것들이 달라지면 더 큰 만족을 얻을 수 있을까요?

박카스
: 추억

엄마, 잘 있었어?
오늘은 추석을 앞두고 있어서 엄청 바쁘네.
점심 먹을 시간도 없이 온 종일 서있었어.
손님이 박카스를 하나주고 가서 이제야 앉아보네.

옛날에 물처럼 박카스를 먹던 기억이 나.
그 때 박카스는 부잣집 애들이나 먹는 비싼 드링크였는데
우리는 친정 아버지 덕분에 원없이 먹었잖아.

45년 전, 좋은 일은 아니었지만 아버지가

뇌졸중으로 쓰러지셔서 뇌수술 처음하고 잘 안 돼서
재수술까지 하시는 바람에 몸에 좋다는 음료수를
사람들이 엄청 사다줬잖아.

아버지 퇴원할 때 택시 불러서
트렁크에 박카스를 몇 박스를 실어다
방에 쌓아놓고 왔다갔다 하면서
하나씩 먹으면 그게 그렇게 꿀맛이었어.

그래서 그런 지 젊을 때는 아파본 적도 없이
살았는데 지금은 조금만 피곤해도
감기에 몸살까지 몸이 말을 안들어.

박카스 손에 들고 있으니
엄마, 아버지 옆에 계시던
박카스 하나 먹으면 피로가 싹 가시던
그 시절이 그립네.

엄마, 계신 곳도 박카스 있어?
하늘에서는 아프지 말고 편히 쉬고 있어.
안녕.

추억

[명사]

1. 지나간 일을 돌이켜 생각함, 또는 그런 생각이나 일.

Q.

1. 당신을 추억으로 소환시켜 주는 물건은 무엇인가요?

2. 당신이 돌아가고 싶은 추억은 언제인가요? 이유는 무엇인가요?

엄마도 나 잘 살고 있는 거 보고 있지
: 칭찬

엄마, 이제 일주일 있으면 이제 명절이야.
오늘도 열심히 장사하고 시계 보니 5시 10분 전이야.
여기는 시골이라 막차 끊기면 사람이 없어.
옛날 시장은 명절 돌아오면 물건이 없어서 못 팔았는데
지금은 외국산도 많이 들어오고 물건이 넘쳐나.
여기 부안은 작은 마을인데도 대형마트가 5~6개 돼서
아무래도 재래시장에 손님이 많이 줄었어.

나는 다행이라고 생각할 때도 있어.
지금 젊었을 때처럼 일하라고 하면 못해.

몸이 따라주질 않아.
때가 있다는 말이 정말 맞나봐.
우리 앞 가게 할머니는 85세이신데
지금도 건강하시고 장사도 잘하셔.
할머니도 저렇게 열심히 하시는데
나도 열심히 살아야지.
나중에 엄마, 아빠 만나면
칭찬받고 싶어.

엄마 보고 싶다.
앨범에 엄마 사진 있는데 시간에 쫓겨 잘 못 봐.
오늘은 꺼내서 보고 자야지.
엄마도 나 잘 살고 있는 거 보고 있지?
열심히 잘 살고 있으니 걱정하지 말고
엄마 살면서 못해본 거 지금 엄마 계신 곳에서는
다 하고 지내. 알았지?

엄마, 잘 있어.
내일 또 만나.

칭찬

[명사]

좋은 점이나 착하고 훌륭한 일을 높이 평가함. 또는 그런 말

Q.

1. 칭찬은 고래도 춤추게 한다는 말이 있습니다. 지금 당신을 춤추게 할 칭찬은 무엇인가요?

2. 지금 당신의 칭찬으로 춤추게 하고 싶은 사람이 있나요? 그 사람에게 해주고 싶은 칭찬은 무엇인가요?

엄마 생각이 많이 나
: 명절

엄마, 우리 엄마
명절이 돌아오니 엄마 생각이 부쩍 더 나네.
애들 키우고 장사하면서 농사까지 지을 때는
엄마 생각 많이 못했는데, 이제 애들 결혼하고
한시름 놓이니 엄마 생각이 많이 나.

내가 엄마 닮아서 손도 크고 음식도 잘하나 봐.
명절에 사골 한 솥 끓여 놓고, 김치 담그고,
양념게장, 간장게장 송편까지 다 하는 걸 보니
내가 엄마를 꼭 닮았어.

이제는 애들이 나 힘들다고 못하게 해.
그래도 제사상 차리려면 움직여야 하는 건 똑같아.
애들이 잘 먹는 거 보면 그렇게 흐뭇하고 좋아.
엄마도 그랬어?

명절 돌아오면 엄마가 신발이랑 옷이랑 사줬잖아.
나는 그거 빨리 입어보고 싶어서 쳐다보느라
잠도 못 자던 때가 생각나네.
이제는 명절에 애들이 옷을 사다줘.
이렇게 돌고 도는 거 보면 신기해.

엄마. 보고 싶다.
잘게.

명절

[명사]

1. 해마다 일정하게 지키어 즐기거나 기념하는 때.
2. 국가나 사회적으로 정하여 경축하는 기념일

Q.

1. 당신 인생에 명절을 정할 수 있다면 어떤 명절을 정하고 싶은가요? 이유는 무엇인가요?

2. 당신이 정한 명절에 함께 하고 싶은 사람은 누구인가요? 이유는 무엇인가요?

세월이 참말로 허망해
: 나이

엄마,
그새 말일이 돌아왔어. 한달이 후딱 빨리도 가네.
세월이 참말로 허망해. 어느 새 한 살 더 먹겠지.

나는 나이 생각도 잘 안 하고 달력도 잘 안 보는데
가끔 손님들이 무슨 띠인지, 몇 살인지 물어보면
그제야 내 나이가 생각나.

사람들이 나보고 얼굴에 주름살도 하나 없다 하면
우리 친정엄마 닮아서 그렇다고 말해.

엄마 얼굴이 하얗고 주름도 없었잖아.

엄마 시장에는 고기, 생선, 채소, 과일 없는 게 없어.
엄마 사는데도 다 있으면 좋겠네.
어제는 몸살이 심해서 엄마한테 편지를 못 썼어.
엄마 내 편지 기다렸어?

나이가 드니까 김장철 장사 준비한다고
일을 많이 했더니 대번에 티가 나.

엄마 건강하게 잘 있어.
내일 다시 만나.

나이

[명사]

1. 사람이나 동 · 식물 따위가 세상에 나서 살아온 햇수

Q.

1. 당신에게 나이는 어떤 의미인가요?

2. 나이를 돈으로 살 수 있다면 한 살에 얼마를 지불하실건가요? 이유는 무엇인가요?

나는 이렇게 몸이 망가졌어도
: 인생

엄마,
오늘은 추석 지내고 물건 사러 광주 가는 날이야.
우리가 이렇게 열심히 사니까
애들도 열심히 다 잘 살고 있어.

세상은 돌고 도는 다람쥐 쳇바퀴가 맞나 봐.
열심히 살고 있는 인생에 보상처럼,
아들, 며느리도 다 그렇게 잘 하네.

사람 목숨, 저 세상으로 한 번 가면 다시는 못 오는데

꽃나무는 계절을 꼭 찾아와서 꽃이 피고
소나무는 언제나 묵묵히 푸르게 있어.

사람마다 먹고 사는 방법이 다 다른데
우리 애들은 뜨거운 햇볕 아래에서
일 안하고 사는 게 얼마나 다행인지 몰라.

엄마 고생하는 거 보고
내가 어렸을 때 다짐한 게 있어.
농사일에 진절머리 난다,
다시는 농사일 안 한다고 말이야.
그것도 이루어졌네.

다른 것은 바라지도 않아.
그냥 우리 가족 건강만 기원하고 있어.
나는 이렇게 몸이 망가졌어도
내 자식들은 나같이 되면 안 되잖아.

오늘 아침에 시간이 좀 남아서 가게에서 몇 자 적어 봤어.
엄마 안녕. 잘 있어.

인생

[명사]

1.사람이 세상을 살아가는 일

2. 사람이 살아 있는 기간

Q.

1. 당신 인생을 한 문장으로 정리해볼까요? 이유는 무엇인가요?

2. 당신 인생에서 가장 중요한 것은 무엇인가요? 이유는 무엇인가요?

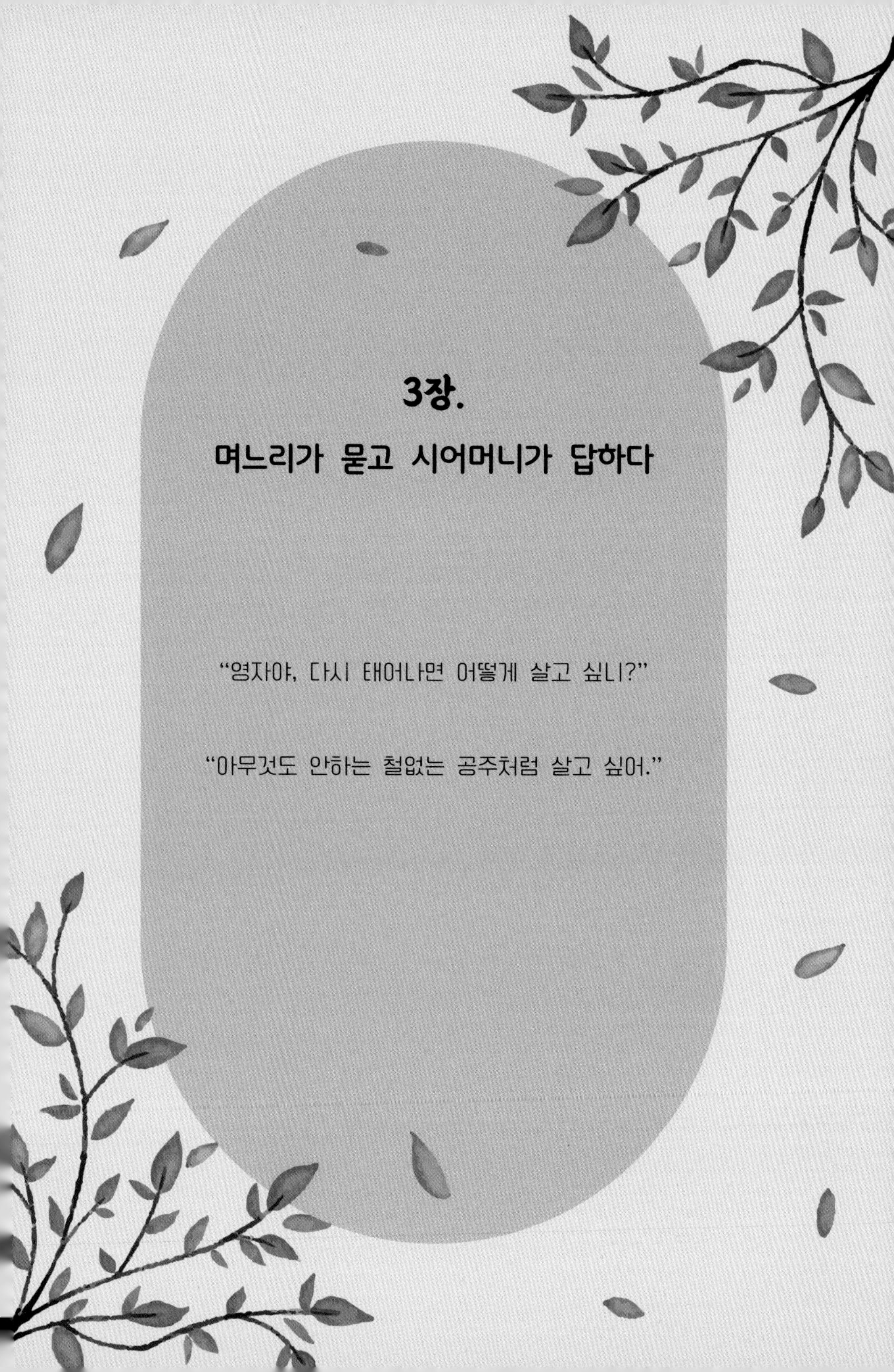

3장.

며느리가 묻고 시어머니가 답하다

"영자야, 다시 태어나면 어떻게 살고 싶니?"

"아무것도 안하는 철없는 공주처럼 살고 싶어."

Q1. 아래 감정 단어 중 하나를 골라 생각나는 사건을 하나 적어 주세요.

서울대 심리학과 민경환 교수팀의 연구에 의하면 감정을 표현하는 단어는 약 434개이며 그중 기쁨처럼 쾌快를 표현하는 단어는 전체의 30%, 화처럼 불쾌不快를 나타내는 단어가 70%가 넘는다고 한다. 우리는 일상생활에서 감정 단어를 몇 개 사용하고 있을까?

기쁨	행복한, 기쁜, 편안한, 뿌듯한, 유쾌한, 즐거운, 짜릿한, 상큼한, 시원한, 가벼운, 만족스러운, 상쾌한, 황홀한, 안심되는, 재미있는, 흐뭇한, 감동받는, 홀가분한 기타 등등
슬픔	슬픈, 외로운, 절망스러운, 처량한, 가슴이 찢어지는, 안타까운, 서러운, 울고싶은, 답답한, 상처받는, 죄책감, 불쌍한, 캄칸한, 한스러운, 공허한, 측은한, 수치심, 불쾌한 기타 등등
사랑	사랑스러운, 인정받는, 매력을 느끼는, 따뜻함을 느끼는, 관심이 가는, 고마운, 다정한, 평화스러운, 도와주고 싶은, 사랑받는, 정성스러운, 존경스러운 기타 등등
욕심	약 오르는, 경쟁심을 느끼는, 질투를 느끼는, 고집을 부리는, 부러운, 조급함을 느끼는, 탐나는, 성에 안 차는 기타 등등

출처 : 엄마인 당신에게 코치가 필요한 순간, 대경북스.

영자

기쁨 | 아들, 며느리, 손녀, 손주가 집에 오면 정말 좋은데 또 가면 서운하고 집이 휑하고 그래요.

슬픔 | 내가 왜 이렇게 내 몸을 돌보지 않았나라는 생각이 될 때는 슬퍼요.

사랑 | 어떻게든 가족들하고 잘 살아야지 하는 마음으로 살아서 사랑할 줄을 모르고 살았어요. 이제는 사랑도 더 많이 표현하고 살아야겠어요.

욕심 | 욕심이 없는 사람은 정상인이 아니지 않을까라고 생각하면서도 욕심이 계속 났었는데 지금은 많이 배웠어요. 내 몸이 안 따라 주니까 욕심은 부질없는 것이라는 생각이 들어요.

독자

Q2. 스무 살 나에게 하고 싶은 말을 글로 적어주세요.

영자

여고 졸업하고 엄마는 아빠가 입원하신 병원에서 살다시피하고 영자는 집에서 일 도와주시던 할아버지랑 농사를 지었잖아. 그 때 사회생활 일을 많이 하고 어려운 일을 겪어내서 지금의 영자는 잘 살고 있어. 고마워.

영자야 힘내라!
앞으로는 행복한 일이 더 많을거야.
가족들이 네 곁을 든든하게 지켜줄거야.
영자야 여태까지 잘 살아줘서 고맙다.

아무쪼록 내 몸 잘 챙기고 돈 벌어서 자식들 더 주려고 하지 말고 너를 생각하며 잘 살기를 기도할게. 건강 잘 지켜줘.

네 몸 생각해라. 말로만 하지 말고 알겠지?

독자

Q3. 스무 살로 돌아간다면 어떻게 살아보고 싶으신가요?

영자

도시로 가고 싶어도 차를 못 타니까 친구들이 서울로 가자고 해도 가질 못 했어요. 서울에 가면 차가 너무 많아서 내 명대로 못 살 것 같았거든요. 차만 보면 골치가 아파서 '나는 공기 좋은 시골에서 살아야 할 팔자인가 보다.'라고 생각하며 살았더니 마음 편했어요.

스무 살로 다시 돌아간다면 어떻게 살아보고 싶을까 오늘 하루 종일 생각했어요. 나는 우리 엄마, 아빠와 안 아프고 재미있게 살고 싶어요. 엄마, 아빠는 내가 어렸을 때부터 장사를 하셔서 우리와 같이 있는 시간이 많지 않았어요. 재미있고 좋은 추억이 없어서 아쉬워요. 그래서 내가 이렇게 억척스럽게 살았나 봐요.

독자

Q4. "○○야, 사느라 애썼다. 잘 살아줘서 정말 고맙다."
이름을 넣어 위 글을 소리 내서 읽어 보고 토닥여 주세요.
그리고 느낀 점을 적어주세요.

영자

영자야, 사느라 애썼다. 잘 살아줘서 정말 고맙다. 결혼하고 43년간 잘 살아와서 지금 영자가 여기 있지 않나 생각해. 영자가 이렇게 열심히 산 덕분에 애들이 건강하게 잘 자라서 행복한 가정을 이루고 잘 살고 있어서 감사하게 생각해.

힘들게 살았던 거는 저 바닷물에 다 흘러가게 하고 지금 있는 곳이 천국이라고 생각하며 살자. 이제 남은 인생 어떻게 살까 혼자 조용히 생각해보자.

언덕길 오르다보면 내리막길도 있듯이 삶은 누구나 똑같다고 생각하지만 영자가 생활력 있게 산 것은 부모님 덕이라고 생각해. 다만 영자가 아무리 힘들어도 옆길로 안가고 앞길로 반듯하게 걸어간 것은 칭찬받아 마땅해.

영자야 정말 사랑한다. 건강하렴.

독자

Q5. 미래의 100세 내가 현재 나에게 꼭 해주고 싶은 이야기가 있다고 합니다. 어떤 이야기 일까요?

영자

영자야, 70세까지만 장사하고 인생 편하게 쉬엄쉬엄 좋은 옷도 입고 재밌게 살아. 멀리 차타고 구경은 안 가더라도 수영장도 가고 노래 교실도 가.
시간 내서 몸 챙기고 마음 편하게 살다 천국에 가거라.

독자

Q6. 자녀를 키우면서 가장 큰 힘이 되었던 순간은 언제인가요?

영자

남편이 4녀 1남으로 태어난 외아들이에요. 나는 3남 1녀로 태어난 외동딸이고요. 결혼해서 아들만 셋 낳아서 동네 사람들 부러움의 대상으로 살았어요. 그 당시에는 아들이 귀할 때라 큰 힘이 되더라고요 아들 키워서 장가보내고 손녀, 손주 낳아서 데리고 왔을 때 정말 기뻤어요.

독자

Q7. 자녀를 키우면서 가장 힘이 들었던 순간은 언제인가요?

영자

그렇게 힘들었던 순간은 없었는데요. 이상하게 아들 셋을 다 잃어버렸다 찾았어요. 찾아서 다행이긴 했지만 그 때 정말 힘들었어요.

첫째는 부안시장에서 잃어 버렸다 찾았어요.
둘째는 서울대공원가서 잃어버렸는데 영특한 둘째가 동굴 속을 다 돌아서 문 입구까지 나와서 찾았어요.
셋째는 유치원에서 광주 동물공원에 가서 잃어버렸었는데 찾았어요.

독자

Q8. 이 세상에서 자녀와 대화할 수 있는 마지막 1시간이 남았습니다. 어떤 이야기를 해주고 싶으신가요?

영자

가족과 재미있게 살고 형제들 우애 있게 살아. 엄마, 아빠가 너희들 위해 최선을 다해 살았다는 것만 기억하고 잘 살았으면 좋겠어. 내 바람은 그것뿐이다.

내가 죽으면 화장해서 우리 집 안마당 소나무 밑에 넣어주면 좋겠는데 너희들 생각은 어떨지 모르겠구나. 나는 집 지어놓고 집보다 가게에서 생활을 더 많이 해서 우리 집이 꼭 하숙집 같을 때가 있어. 아직 집에 정이 덜 들었어.

죽어서라도 우리 집 지키고 싶은가 봐. 나도 걱정이야.
이렇게 생각하는 게 나쁜데…….

너희들이 이해해줘.
내 마음이 그렇단다.

독자

Q9. 살면서 도망치고 싶은 순간은 언제였으며 어떻게 이겨 내셨나요?

영자

12월 31일에 결혼해서 3월부터 바로 농사를 지었어요. 나는 아가씨 시절부터 농사를 많이 지어봐서 일하는 방법을 아는데 신랑은 너무 귀하게 자라서 나보다 잘 몰랐어요. 시부모님은 돌아가시고 시누이 두 명이 중학생이었어요. 도시락 싸서 고등학교까지 졸업하게 하고 결혼시킬 때까지 자식들도 키우면서 정말 힘들었어요. 내가 지금 생각해도 어떻게 견뎌냈는지 아슬아슬해요.

'이 고비 넘기면 좋은 날 있겠지.' 싶어 그렇게 이겨내고 살았어요. 덕분에 지금 생활은 천국이네요.

독자

Q10. 살면서 가장 행복했던 순간은 언제였나요?

영자

애들 장가보내고 민소, 도원, 지운이 태어났을 때 내 성격이 내성적이라서 표현은 못 했어도 그 때가 가장 행복하고 또 행복했어요. 우리 아이들 장마에 오이 크는 것처럼 건강하게 잘 크니 고마워요.

우리가 사는 세상에서 가장 예쁜 꽃은 사람 꽃 이예요.
그 이상은 없다고 생각해요.
아이들이 내 곁에서 이렇게 잘 살아주는 지금 이 시간.
그 보다 더 행복했던 순간이 또 어디 있겠나 싶어요.

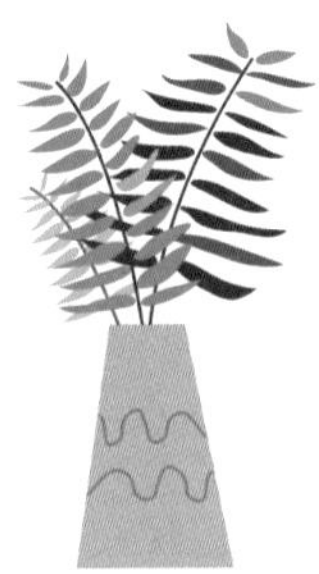

독자

Q11. 가족에게 한 가지씩 말할 수 있습니다. 어떤 이야기를 하고 싶으신가요? 이유는 무엇인가요?

영자

남편 : 여보, 지금도 내 말을 잘 들어주긴 하지만, 지금보다 고집을 조금만 더 내려놓고 앞으로 더 나이가 들어가면 내 말을 잘 들어주세요.

아들들 : 내 아들로 태어나줘서 고마워.
지금처럼 가정 잘 돌보고 살아.

며느리들 : 우리 집에 와줘서 고맙고 또 고마워.
너희들은 힘들게 살지 말라고 내가 몸 안 아끼고
살아서 걱정 없으니 착하게 잘 살면 된다.

손녀, 손주 : 민소야, 도원아, 지운아 보기도 아까운 내 아가들.
할머니가 내성적이라서 표현은 많이 못했어도
너희들은 내 보배라고 생각하고 산다. 알았지?
건강하게 엄마, 아빠 말 잘 듣고 열심히 잘 살아라.
공부도 잘하면 좋겠다.

독자

Q12. 질문 하나를 받을 수 있는 시간이 주어졌습니다.
어떤 질문을 받고 싶으신가요? 그 이유는요?

영자

'영자야, 다시 태어나면 어떻게 살고 싶니?'
라는 질문을 받고 싶어요.

"나는 일도 안하고 철없는 공주 같이 살고 싶어."
라고 대답하고 싶어요.

이렇게 써놓고도 말이 안 되는 소리인 줄 아는데 한번은 그렇게 살아보고 싶네요.

독자

Q13. 인생 여행 마지막 날, 눈 감기 전 듣고 싶은 말씀 한 문장을 적어주세요.

영자

다 잊어버리고 마음 편히 주무세요.

모든 것 다 잊고 편히 계세요.

어머니 사랑해요.

고생 많으셨어요.

잊지 않을게요.

독자

Q14. 글을 쓰기 시작하면서 어떤 느낌이 들었나요?

영자

속이 후련해졌어요. 지금까지 살면서 내 속에 있는 말을 이렇게 시원하게 할 기회가 없었어요. 세연이가 속 시원하게 말할 수 있게 판을 펼쳐 주니 부끄러운 줄도 모르고 정말 신나게 두서없이 말해봤어요. 사실 나이가 들수록 외롭거든요. 글을 쓰고 며느리와 대화하며 밋밋했던 내 인생에 불빛이 환하게 들어오는 것 같아 정말 좋았어요. 며느리에게 글을 써 보내면 잘했다고 칭찬해주고, 고맙다고 말해주고, 괜찮다고 위로해주니 무심코 흘려보냈던 일상에 자연스레 의미를 부여하게 되더라고요. 그 날이 그 날 같았던 예전과 다르게 재미있고 오늘은 또 어떤 일이 생길까 하루하루에 대한 기대가 생겨 정말 좋았어요.

독자

Q15. 마지막으로, 대한민국 엄마로 살아가는 그녀들에게 해주고 싶은 말씀을 적어주세요.

영자

우선 우리 조상님들께 감사하고 또 감사하다고 말해주고 싶어요. 옛날 우리 할머니들, 어머니들이 고생해서 오늘 날 이렇게 성장했는데 우리도 그 뒤를 따라서 열심히 살아가야지요.

잘 살려고 노력하며 살아가는 우리 엄마들에게 존경한다고 말해주고 싶어요. 시골도 시골이지만 도시에서 사는 엄마들은 더 힘들 것 같은 데 괜찮은지 걱정이 되요. 나는 차를 못 타서 도시에 사는 엄마들 보면 대단하다고 느껴요.

"적당히 쉬엄쉬엄 살아요. 너무 수고 많아요."

쫒고 쫒기는 세상에 여기는 시골이라 잘 모르지만 도시에서 이리 치이고 저리 치이면서 사느라 정말 수고가 많아요. 대한민국 엄마는 세계 어디에 내놓아도 안 빠질거에요. 이제 남은 세월 행복하고 재미있는 생활 누리면서 살아가요.

저는 평생 시장에서 장사를 하다 보니 엄마들 심정을 너무 잘 알고 있어요. 우리 엄마들 아니었음 대한민국 이렇게 우뚝 서있지 못해요. 어떤 엄마랄 것 없이 모두 정말 대단해요. 뜬금 없지만 우리 세연이 칭찬 좀 할게요. 맞벌이하면서 애기 둘 낳아서 잘 키우고 있어요. 세연이 보고 저도 많이 배워요.

세상에서 가장 소중한 것은 대한민국 엄마들이예요.
어제도, 오늘도, 내일도 엄마들의 소중한 날이예요.

기쁨, 슬픔 함께 응원하며 나아가요.

건강합시다! 파이팅!

독자

부록 1.

부모와 자녀의 사랑온도를 높여주는 질문 120개와 이유

시어머니와 가족으로 지낸 세월이 10년이 훌쩍 넘었지만, 오직 우리 둘만을 위한 질문을 사이에 두고 이번에 함께 나눈 대화가 훨씬 더 밀도 있게 관계를 엮어주는 것을 경험해보니 더 많은 분들이 경험해보면 좋겠다는 생각이 들었어요. 처음에는 지인들을 대상으로 4가지 질문을 만들어 볼 수 있도록 기회를 드렸어요. 지인들이 보내주신 질문과 그 질문을 만들게 된 이유를 보며 더 많은 분들의 생각이 궁금해졌어요.

이렇게까지 하려던 것은 아니었는데 질문을 통해 여러 감정을 체험하는 다양한 분들의 이야기를 듣게 되면서 150명에 가까운 분들에게 질문을 만들 수 있는 기회를 드렸어요. 그로 인해 더 많은 분들께서 만들어 주신 질문과 그 질문을 만들게 된 이유를 취합해서 볼 수 있는 뜻 깊은 시간을 누렸어요.

이렇게 주옥같은 질문들을 저 혼자 보는 것이 아쉬워 수많은 독자분들과 나눠야겠다는 마음이 들었어요. 비슷한 질문끼리 엮어 각 질문 30개와 소감을 부록에 정리하였고, 개인사가 적나라하게 드러나는 질문은 따뜻한 응원과 사랑을 담아 제 마음에 보관했어요.

질문 몇가지를 정해서 부모님, 자녀와 나누는 시간을 가져보시길 진심으로 추천드려요. 더 나아가 직접 질문을 만들어 본다면 분명 여태 경험하지 못했던 감정과 마주할 수 있을 거예요.

150명에 가까운 분들께서 질문을 만들어 본 소감 중 나누고 싶은 소감을 원문 그대로의 느낌을 살려 그대로 옮겨보았어요.

» 내가 그동안 가족과 대화다운 대화를 해본 적이 없다는 생각이 들었습니다. 이런 질문들을 가족과 나누면 의외의 기쁨과 새로운 사실을 자각할 수 있겠다는 설레임이 드는 시간이었습니다.

» 이 세상에 태어나 단 한 번도 해보지 못한 질문을 만들고 생각해보면서 기분이 묘했습니다. 아직도 제가 저를 마음껏 보듬어 주지 못하고 있다는 것을 깨달은 귀한 시간이었습니다.

» 질문의 힘은 참으로 위대합니다. 이번 시간을 통해 언젠가 헤어지게 될 부모님과 작별 후 후회가 아닌, 남아있는 시간을 조금 더 소중하게 보낼 수 있을 것 같습니다.

» 부모님께 서운한 마음만 있었는데 질문을 만들고, 이유를 생각해보며 부모님께서 저랑 함께 하는 모든 시간에 최선을 다해 사랑했을 거라는 생각이 들어 마음이 따뜻해졌습니다.

» 여태 살면서 부모님의 사랑을 제대로 받은 적이 없다고 생각했었는데 질문을 만들며 부모님 존재만으로도 내가 당당하게 살아갈 수 있었다는 것을 깨달을 수 있었습니다. 작가님께서 주신 질문에 글쓰고 답하며 원망에서 감사함으로 이어지는 감정을 마주하며 눈물이 쏟아지는 귀한 경험을 했습니다.

» 질문지를 만들면서 부모님 마음을 조금 더 가까이서 들여다 볼 수 있어 좋았습니다. 이제는 내가 하고 싶은 말이 아닌, 부모님과 자녀가 하고 싶은 말이 무엇인지 귀기울여 봐야겠다는 생각이 들었습니다.

» 변할 수 없고 멀어질 수 없는 가족이지만 때로는 가장 멀게 느껴지는 관계이기도 합니다. 부모와 자녀 사이의 듣고 싶고 하고 싶은 질문을 일상에서 하나씩 꺼내어 나누어 본다면 어떨까라는 생각을 해보는 계기가 되었습니다.

» 작성하는 내내 몇 번이고 울컥해서 눈물을 꾹 참느라 힘들었습니다.

» 가족을 최우선으로 두고 삶의 모든 부분을 감사로 채워야겠다고 다짐했습니다. 세상에는 가족의 의미와 중요성을 모르는 사람이 너무 많이 있음을 다시 알아차리는 시간이었습니다.

» 질문과 그 질문을 만든 이유를 작성하면서 다시 한 번 부모님과 자녀에 대한 사랑을 생각하는 시간이었습니다. 이런 생각을 할 수 있는 이 순간이 정말 소중하고 귀한 경험이었습니다.

» 부모 입장에서는 넘치게 베풀었다고 생각했는데, 자녀의 입장에서 질문을 만들며 생각해보니 이런 저런 부족함이 있었겠구나. 라는 공감이 되는 시간이었습니다. 세대공감할 수 있는 시간이 많아지면 좋겠습니다.

» 질문에 힘을 느낄 수 있었습니다. 유치하다고 생각할 수 있고, 낯 간지럽다고 할 수 있지만 절대 가볍지 않은 질문이었습니다. 질문을 통해 내가 어떤 자녀가 되어야 할지, 어떤 부모가 되어야 할지 생각하는 시간이었습니다.

» 질문을 만들고 나누는 장면을 상상하는 것만으로도 눈물이 쏟아져 한바탕 울고 나니 속이 시원해졌습니다.

» 부모님께 좋은 질문과 감사함을 표현하고 싶었지만, 참고 살아온 세월이 너무 길기에 이러한 점을 풀고 가야하는 모진 질문을 할 수 밖에 없어 마음이 아팠습니다. 이러한 질문을 주고 받으며 잘 해결하고 싶습니다.

» 살아계신 부모님께 지금 내가 무엇을 해야할 지 알 수 있는 귀한 시간이었습니다. 맛있는 음식 많이 먹기, 여행 가기, 자주 찾아가 얼굴 보기, 용돈 챙겨드리기, 부모님 마음 알아드리기, 이야기 많이 들어드리기 지금부터 하겠습니다.

상대방과 대화를 한 것도 아닌데 질문을 만들어보는 시간만으로도 어쩜 이렇게 다양한 감정을 느낄 수 있었는지 궁금했어요. 질문(質問)의 사전적 의미를 찾아보고 저는 무릎을 탁 쳤어요. '알고자 하는 바를 얻기 위해 물음'이라는 뜻을 품고 있었기 때문이었어요.

저를 포함하여 참여했던 분들께서는 부모님과 자녀에 대해 알고자 하는 바를 얻기 위해 상대방의 입장이 되어 보는 경험을 하며 질문했기 때문에 그들의 마음에 그러한 감정들이 요동쳤던 것이었지요.

여러분도 경험해볼 수 있도록 질문서식을 다음 장에 공유해드릴게요. 한번 생각해보는 시간을 가져보세요.

| 질문 서식 |

부모님과 자녀에게 지금 받고 싶거나 하고 싶은 질문을 적어보세요. 질문을 만들어 보는 이유는 물어봐 주면 술술 말하겠지만, 아무도 물어보지 않아서 말하지 못했던 이야기를 말할 수 있는 장을 만들어 보기 위함입니다(자랑하고 싶은 이야기, 가족에게 전하고 싶은 진심, 일상 공유, 속상한 이야기, 한번쯤 털어놓고 싶은 이야기, 유언, 격려 등 자유롭게 적어주시면 됩니다).

1. 부모님께 하고 싶은 질문 1가지와 이유를 적어주세요.

2. 부모님께 받고 싶은 질문 1가지와 이유를 적어주세요

3. 자녀에게 하고 싶은 질문 1가지와 이유를 적어주세요.

4. 자녀에게 받고 싶은 질문 1가지와 이유를 적어주세요.

● 질문과 이유를 적어 본 소감을 적어주세요.

귀한 시간 내어주심에 진심으로 감사합니다.

Q. 첫 번째 질문.
부모님께 하고 싶은 질문 1가지와 이유는 무엇인가요?

1. 저로 인해 가장 행복했던 적은 언제였나요?

WHY 나도 부모님께 행복한 기억을 주었다는 뿌듯함을 느끼고 함께 공유함으로써 관계가 조금 어려워졌을 때 그때를 추억하며 회복하고 싶어요.

2. 살면서 가장 행복했던 순간이 언제였나요?

WHY 행복한 순간을 떠올리게 해드리고 웃게 해드리고 싶어요.

3. 지금 행복 점수는 10점 만점에 몇 점인가요?

WHY 현재의 삶에 만족하시는 지 궁금해요.

4. 지금 무엇이 있다면 더 행복해질 수 있나요?

WHY 부족한 부분을 채워드리고 더 행복하게 해드리고 싶어요.

5. 제가 어떤 사람으로 성장하길 바라셨나요?

WHY 제가 이 사회에서 어떤 사람으로 자리 매김할까 기대하는 마음이 있으셨는지 궁금해요..

6. 저는 부모님께 어떤 자녀였나요?

WHY 태아때 아들이기를 간절히 바라던 부모님이셨기에 딸이어서 죽을 고비를 넘겼다는 이야기를 들었던 적이 있었어요. 지금은 제가 부모님을 모시고 살며 돌보는 효녀라고 생각하기 때문에 부모님 생각이 궁금해요.

7. 저를 키우며 가장 힘든 순간은 언제였나요?

WHY 죄송하다고 말씀드리고 부모님 마음을 편하게 해드리고 싶어요.

8. 저를 키우며 가장 많이 한 생각은 무엇인가요?

WHY 내가 자녀를 키우다보니 드는 생각이 많아서 부모님은 어떤 생각을 하셨는 지 궁금해요.

9. 현재 제 모습이 마음에 드시나요?

WHY 부모님께서 현재 나에 대해 어떻게 생각하는지 궁금해요.

10. 다시 자녀를 낳는다면 어떤 아이를 낳고 싶으세요?

WHY 나같은 자녀를 낳고 싶다는 이야기를 듣고 싶어요.

11. 지금 저한테 사랑한다고 말해주실 수 있나요?

WHY 부모님께 사랑한다는 이야기를 들어보고 싶어서요.

12. 인생을 살면서 가장 후회되는 순간은 언제인가요?

WHY 내가 도와드릴 수 있는 부분을 도와드려서 후회하는 마음을 줄여드리고 싶어요.

13. 가족들 사이에 있어도 외롭다 느낄 땐 어떻게 하면 되나요?

WHY 요즘 아이들 키우는 것도, 남편이랑 사는 것도 힘들고 외롭다는 생각이 많이 들어서 힘을 얻고 싶어요.

14. 살면서 가장 힘들었을 때는 언제이고, 어떻게 극복하셨나요?

WHY 요즘 내가 많이 힘들어서 극복하는 방법을 배우고 싶어요.

15. 현재 걱정이 있다면, 제일 큰 걱정은 무엇인가요?

WHY 평소에 잘 말씀하지 않으셔서 말씀해주시면 도와드리고 싶어요.

16. 자녀가 독립을 준비하며 내 곁에서 점점 멀어진다는 생각이 들었을 때 공허함을 어떻게 극복하셨나요?

WHY 현재 자녀가 슬슬 떠나려는 준비를 하고 있는데, 부모님 마음은 어떠셨는지 궁금해요.

17. 제가 결혼한다고 했을 때 어떤 마음이 들었나요?

WHY 부모님께서 결혼 반대를 많이 하셔서 궁금해요.

18. 부모의 삶 말고 '나'로 사는 삶을 살고 싶은 순간은 언제였나요?

WHY 부모님께서 희생을 많이 하셔서 개인의 삶을 살고 싶으셨을 것 같아요.

19. 부모님의 어린 시절 꿈은 무엇이었나요?

WHY 지금 제가 꿈을 찾아 헤매고 있어서 부모님도 그런 고민의 시간을 보내셨는지 궁금해요.

20. 인생에 우선순위 3가지를 고른다면?

WHY 무엇을 가장 중요하게 생각하고 사셨는지 궁금해요.

21. 부모님을 살아가게 한 원동력은 무엇인가요?

WHY 부모님의 삶이 힘들어보였는데, 삶을 이어가게 하는 원동력이 무엇이었는지 궁금해요.

22. 요즘 제일 드시고 싶은 음식은 어떤 건가요?

WHY 항상 가족들 먹고 싶은 거 먹자고 하셔서 진짜로 부모님께서 좋아하는 음식을 대접하고 싶어요.

23. 저에게 격려보다 화를 자주 내신 이유가 있나요?

WHY 어렸을 때 부모님께서 화를 자주 내셔서 여쭤보고 사과받고 마음에 응어리를 풀고 싶어요.

24. 저에게 고마운 일 3가지만 들려주신다면 어떤 일인가요?

WHY 칭찬받고 싶어요.

25. 저에게 사과하고 싶은 일이 있나요?

WHY 부모님께서 저에게 사과할 기회를 드리고 싶어요.

26. 지금 듣고 싶은 말은 무엇인가요?

WHY 지금 어떤 마음이신지 궁금해서요.

27. 위로 받고 싶을 때 어떤 말을 들으면 힘이 날까요?

WHY 부모님께서 원하는 방법으로 위로를 제대로 해드리고 싶어요.

28. 앞으로 아무런 제약이 없다면 제일 하고 싶은 일은 무엇인가요?

WHY 부모님 꿈을 이뤄드리고 싶어요.

29. 유언으로 저에게 남기고 싶은 말씀은 무엇인가요?

WHY 마지막으로 어떤 말씀을 남기고 싶으신지 궁금해요.

30. 지금 저랑 이렇게 이야기를 나누어 본 느낌은 어떤가요?

WHY 여태 이야기를 이렇게 길게 해본 적이 없어서 어떤 이야기를 하셔도 울컥할 것 같아요.

Q1. 30개의 질문 중 마음에 남는 질문은 무엇인가요?
이유는 무엇인가요?

Q2. 부모님께 하고 싶은 질문 1가지와 이유를 적어주세요.

Q. 두 번째 질문.
부모님께 받고 싶은 질문 1가지와 이유는 무엇인가요?

1. 함께 살면서 가장 행복했던 순간은 언제였어?

WHY 부모님과 함께 한 내 모든 삶이 행복하고 만족스러워 행복했다고 말씀드리고 싶어요.

2. 함께 살면서 가장 힘든 순간은 언제였어?

WHY 직접적으로 내가 먼저 말을 꺼내기보다는 먼저 물어봐주시면 이야기하고 싶어요.

3. 함께 살면서 가장 감사한 순간은 언제였니?

WHY 산후조리를 3번이나 해주셔서 진심으로 감사해서요.

4. 지금 네 기분은 어때?

WHY 한번쯤은 와르르 무너져 내려 기대보고 싶어요.

5. 오늘 하루는 어땠어?

WHY 부모님과 소소한 일상을 공유하고 싶어요.

6. 우리가 널 얼마나 사랑했는지 혹시 알고 있니?

WHY 사랑한다고 말해주고 싶어요.

7. 네가 가장 존경하는 사람은 누구니?

WHY 여전히 나라고 말해주는지 궁금해요.

8. 지금 자녀를 키워보니 마음이 어때?

WHY 부모님 고생 많으셨다고 말씀드리고 싶어요.

9. 어렸을 때 왜 그렇게 말을 안 들었어?

WHY 힘들게 해서 죄송하다고 말씀드리고 싶어요.

10. 나를 생각하면 떠오르는 이미지는 무엇이니?

WHY 부모님이 어떤 이미지였는지 한번쯤은 알려드리고 싶어요.

11. 나는 항상 네 편인거 알지?

WHY 부모님은 항상 내 편이라는 이야기를 듣고 싶어요.

12. 우리 이번에 어디로 여행갈까?

WHY 여행 가자고 하면 싫다고 하셔서 같이 여행을 가고 싶어요.

13. 지금 나에게 듣고 싶은 말이나 소원이 있어?

WHY 이미 다해주셨고 존재만으로도 충분하다고 말씀드리고 싶어요. 더이상 바랄게 없다고.

14. 다시 태어나도 내 자녀로 태어날거야?

WHY 두 분의 자녀로 태어난 것이 자랑스럽고 감사하다고 말씀드리고 싶어요.

15. 결혼하고 언제 내 생각이 제일 많이 났어?

WHY 결혼하고 보니 엄마, 아빠 마음을 많이 알게 된 것을 말씀드리고 싶어요.

16. 너는 지금 얼마나 성장했다고 생각해?

WHY 부모님께 제가 성장하고 발전해온 여정을 나누고 부모님들의 신뢰와 기다림 덕분에 가능했다고 말씀드리고 싶어요.

17. 나한테 가장 서운했을 때는 언제였어?

WHY 서로에게 서운한 마음을 풀 수 있는 시간이 필요해요.

18. 나는 너에게 어떤 부모였어?

WHY 너무 너무 좋은 부모님이셨다고 감사하다고 말씀 드리고 싶어서요.

19. 내가 가장 멋있을 때가 언제였어?

WHY 정말 멋진 부모님이였다고 여러 가지 일들을 말씀드려서 자존감을 높여드리고 싶어요.

20. 너의 삶에 만족해?

WHY 대답을 잘하려고 앞으로도 열심히 살려고 노력할 것 같아요.

21. 나와 함께 한 추억 중 제일 기억에 남는 순간은 언제야?

WHY 기억에 남는 게 너무 많지만 그 중 제가 서울에 있는 대학 합격해서 고속버스 타고 떠날 때 엄마 모습과 제 가방 속에 제가 좋아하는 간식 대구포 잔뜩 넣어주시던 때가 기억나네요. 엄마 사랑을 너무 많이 받아서 제가 평생 모시고 산다고 했는데 사느라 바빠서 못 하고 갑자기 돌아가셔서 너무너무 죄송하고 후회되네요.

22. 엄마, 아빠가 언제 보고 싶어?

WHY 매일 보고 싶고, 그립다고 말하고 싶어요.

23. 우리가 앞으로 지금보다 더 행복하려면 어떻게 살아야 할까?

WHY 허심탄회하게 이야기해보고 싶어요.

24. 엄마도 엄마가 처음이라 널 어떻게 대해야 하는지 몰랐어. 이런 엄마 때문에 많이 힘들었지?

WHY 사람마다 삶의 무게가 각자 다르지만 엄마가 "진심으로 힘들었지?"라고 말해준다면 그 한마디에 모든 것이 녹아내릴 것 같아요.

25. 너는 열심히 살았는데, 내가 도움이 안되서 힘들었지?

WHY 나한테 항상 미안해하셔서, 부모님 상황이었으면 나였어도 그랬을 거니까 괜찮다고 말씀드리고, 미숙하게 열심히만 산 거 같아서 아쉬움이 많지만 지금부터라도 잘살아보려 한다고 말씀드리고 싶어요.

26. 네 꿈이 뭐야?

WHY 부모님께서 내가 꿈꾸는 삶을 구체적으로 물어보신 적이 없어요. 이 질문을 자라오면서 받았다면 조금 더 내가 꿈꾸는 진로에 가까워지지 않았을까 해요.

WHY 한번도 물어본 적이 없으셔서 나도 꿈이 있는 아이였다고 말씀드리고 싶어요.

WHY 이루고 싶은 꿈이 있는데 실현시키기가 어려워서 도움을 받고 싶어요.

WHY 가정 형편이 어려워서 꿈을 포기했는데 말씀은 드리고 싶어요.

27. 엄마, 아빠하면 가장 먼저 떠오르는 게 뭐야?

WHY 뭐라고 대답해야할지 모르겠지만, 한번 쯤 받아보고 싶은 질문이에요.

28. 요즘 어떤 고민이 있어?

WHY 변화된 환경에서 내가 잘 가고 있는지 궁금하고 공감 받고 싶어서요.

WHY 나에게 관심이 없는 부모님께 진심이 담긴 위로와 격려를 받고 싶어요.

WHY 힘든 내 삶에 따뜻한 말을 한번이라도 듣고 싶어요.

WHY 지금 내 힘듦에 대해 이야기 나누고 싶어요.

WHY 힘들다고 응석부리고 싶어요.

WHY 매일 일상을 공유하며 살고 싶어요.

WHY 부모님이 옆에 계셔서 정말 든든하다고 감사하다고 말씀드리고 싶어요.

WHY 전부 말할 수는 없지만 어른이 된 아이도 관심으로 사랑받고 싶어요.

29. 살면서 가장 힘든 순간은 언제였어? 어떻게 극복했니?

WHY 부모님과 마음을 나눌 수 있는 순간일 것 같아서요.

WHY 부모님이 자식을 챙기지 않아서 정말 힘들었다고 말하고 싶어요.

WHY 마음에 위로를 받고 싶어요.

WHY 이젠 항상 곁에 있어주겠다는 이야기를 듣고 싶어요.

WHY 내가 정말 힘들었던 시기를 부모님께 알려주고 싶어요.

30. 그동안 고생 많았지?

WHY 고생을 알아주는 것만으로도 힘이 될 것 같아요.

WHY 힘들었던 순간을 잘 견뎌낸 나를 인정해주는 느낌이 들 것 같아요.

Q1. 30개의 질문 중 마음에 남는 질문은 무엇인가요?
이유는 무엇인가요?

Q2. 부모님께 받고 싶은 질문 1가지와 이유를 적어주세요.

Q. 세 번째 질문.
자녀에게 하고 싶은 질문 1가지와 이유는 무엇인가요?

1. 나에게 언제 감사하다는 생각이 들어?

WHY 나에 대한 감사함을 알고 있으면 좋을 것 같아서요.

2. 나를 보면 떠오르는 색깔과 이유는?

WHY 아이들에게 내가 어떤 느낌인지 궁금해서 듣고 싶어요.

3. 지금 현재 제일 관심 많은 게 뭐야?

WHY 지금 어떤 관심사가 있는지 궁금해요.

4. 크면 어떤 사람이 되고 싶어?

WHY 돈을 많이 버는 것보다 사람향기 나는 태도와 말을 할 줄 아는 사람이 되고 싶다고 말하고 싶어요.

5. 너에게 나는 어떤 사람이니?

WHY 아이들 마음에 내가 어떤 사람인지 궁금해요.

6. 나 때문에 언제 제일 힘들었어?

WHY 본의 아니게 상처를 주고 있다면 고치고 싶어서요.

7. 내 어떤 모습이 가장 닮고 싶어?

WHY 엄마, 아빠의 삶을 안타깝게 보지 않고 멋지게 바라봐주길 바라는 마음을 전하고 싶어요.

8. 친구한테 다정하게 말하는데, 나한테 차갑게 말하는 이유는?

WHY 예전에 다정하게 웃으면서 말하던 때가 그립고 다시 그렇게 잘 지내고 싶어요.

9. 독립해서 가장 좋은 점과 불편한 점은 뭐야?

WHY 최근 독립한 아이의 생각이 궁금해요.

10. 나에게 듣고 싶은 말이나 소원이 있어?

WHY 가능한 선에서 원할 때 원하는 만큼 원하는 것으로 해주고 싶고 불가능한건 그렇게 해주고픈 마음이라도 전하고 싶어요.

11. 지금 나는 네가 원하는 이상형의 부모 몇 %에 해당이 돼? 이유는?

WHY 아이의 생각이 궁금해요.

12. 나랑 지금 제일 해보고 싶은 거 있어?

WHY 내가 해주고 싶은 것도 많지만 아이가 정말 원하는 걸 해주고 싶어요.

13. 네가 가장 원하고 바라는 삶의 모습은?

WHY 그런 삶을 축하하고, 이미 그렇게 되었다고 말해주면서, 자신이 꿈꾸고 그리는 대로 살게 되리라는 것을 진심으로 말해주고 싶어서.

14. 이 세상에 태어나는 걸 선택할 수 있다면 너는 어떤 선택을 하겠니?

WHY 아이들이 지금 행복한지, 또 앞으로 계속 살아갈 용기가 있는지 궁금해요.

15. 내가 했던 말 중에 가장 기억에 남는 말이 무엇이니?

WHY 아이들이 어떤 말을 품고 살아가는 지 궁금해요.

16. 나에게 하고 싶은 말이 있어?

WHY 물어보지 않아서 일상에 묻힌 아이의 마음을 알고 공유하고 싶어요.

17. 나에게 말하지 못한 비밀 이야기가 있니?

WHY 아이에게 힘든 일이 있다면 도와주고 힘이 되어 주고 싶어요.

18. 네가 힘들 때 내가 어떤 행동과 무슨 말을 해주면 도움이 되겠니?

WHY 아이가 원하는 방법으로 도와주고 싶어요.

19. 나를 어떤 엄마였다고 기억해줄래?

WHY 사춘기 이후 말도 많이 안하고 대면 대면 지내는 딸에게 나는 어떤 존재일지 궁금해요.

20. 너의 삶에 만족하니?

WHY 만족하는 삶을 살기 위해 노력하며 살기를 바라는 마음이에요.

21. 힘들 때 나에게 기대고 싶다는 생각을 해줄 수 있겠니?

WHY 내가 평생 아이의 응원단장이라는 것을 알게 해주고 싶어요.

22. 네가 요즘 가장 의지하는 사람은 누구야?

WHY 아이가 의지하고 있는 사람들 중에 내가 있다는 것을 알려주고 싶어요.

23. 나에게 가장 서운할 때는 언제였니?

WHY 상처가 되었던 기억과 감정이 있다면 풀어주고 싶어요.

24. 언제 가장 행복해?

WHY 아이가 언제 행복한지 궁금하고 그런 상황을 자주 만들어주고 싶어요.

WHY 아이가 행복한 순간을 자주 떠올리고 살면 좋겠어요.

25. 너는 스스로를 사랑하고 있니?

WHY 무엇보다 자신을 스스로 인정하고 아끼는 마음이 우선이라는 것을 알려주고 싶어요.

26. 네가 나라면 너에게 무엇을 해주고 싶니?

WHY 내가 늘 부족한 부모인 것 같아서 그 부족함을 아이가 원하는 방식으로 채워주고 싶어요.

27. 오늘이 삶의 마지막 날이라면 제일 하고 싶은 게 뭐야?

WHY 하루하루를 소중하게 생각하고 열심히 살았으면 좋겠어요.

28. 로또가 당첨되면 제일 먼저 하고 싶은 일은 뭐야?

WHY 아이가 돈에 얽매이지 않고 꿈을 자유롭게 꾸며 살면 좋겠어요.

29. 어떤 부모가 되고 싶어? 이유는?

WHY 아이가 바라는 부모가 어떤 모습인지 궁금해요.

30. 오늘 하루는 어땠어?

WHY 아이의 감정을 공유하고 감싸주고 싶고 든든하게 지켜주고 싶어요.

WHY 어떤 일이든 늘 함께 기뻐해주고, 응원해 줄 내가 여기 있다는 걸 알려주고 싶어요.

Q1. 30개의 질문 중 마음에 남는 질문은 무엇인가요?
이유는 무엇인가요?

Q2. 자녀에게 하고 싶은 질문 1가지와 이유를 적어주세요.

Q. 네 번째 질문.
자녀에게 받고 싶은 질문 1가지와 이유는 무엇인가요?

1. 언제 제일 행복하세요?

WHY 진솔하게 대화를 이어갈 수 있는 질문인 것 같아요.

WHY 너의 엄마라 매일 행복하다고 말해주고 싶어요.

WHY 때때로 사는 게 힘들지만 네가 살아갈 수 있는 행복의 원천이라고 말해주고 싶어요.

WHY 네 덕분에 수많은 행복의 순간을 맞이할 수 있어 고맙다고 말해주고 싶어요.

WHY 아이의 행복한 순간도 함께 나눌 수 있을 것 같아요.

WHY 내가 행복한지 물어봐주는 것만으로도 행복할 것 같아요.

WHY 늘 행복해하다고, 인생은 살만한 가치가 있는 거라는 말을 통해 아이에게 살아갈 힘을 실어 주고 싶어요.

2. 내가 제일 자랑스러웠던 순간이 언제인가요?

WHY 너의 존재자체로 늘 자랑스러웠다고 이야기 해주고 싶어요.

WHY 스스로 삶을 고민하고 애쓰는 너는 항상 자랑스럽다고 말해주고 싶어요.

3. 나를 사랑하나요?

WHY 사랑한다고, 이 세상 누구보다 너를 제일 사랑한다고 말해주고 싶어요.

WHY 너의 존재를 알게 된 순간부터 지금까지 하루도 사랑하지 않은 날이 없었다고 이야기 해주고 싶어요.

WHY 진짜 진짜 사랑해. 세상에서 제일 소중해. 라고 크게 이야기 해주고 싶어요.

WHY 사랑의 길이, 넓이, 높이, 깊이 중에 가장 큰 숫자만큼 널 사랑한다고 말해주고 아이를 향한 사랑의 뿌리가 단단히 있다는 걸 알게 해주고 싶어요.

WHY 사랑한다고 말해주고 고맙다고 말하고 싶어요. 늘 엄마인 저보다 아이가 저에게 주는 사랑이 큰 것을 매일 느껴요. 화를 내도 돌아서면 용서하고 잊어버리는 아이의 사랑을 기억하며 더 사랑하도록 노력해야지 오늘도 부족한 엄마는 다짐해요.

WHY 존재만으로도 너무나 사랑스럽고 감사하고 소중한 존재라고 이야기 해주고 싶어요.

WHY 사춘기시절, 때때로 아들과 충돌하거나 갈등을 일으킨 적도 많았는데 아이는 여전히 나에게 사랑받고 싶은지 궁금해요.

WHY 세상의 모든 단어, 어떤 표현을 끌어와도 담을 수 없을 정도의 사랑이 있고, 그게 바로 "너!"라고 말해주고 싶어요.

4. 요즘 많이 힘드시죠?

WHY 지금 힘들어서 아이가 나의 힘듦을 알아주기만 해도 힘이 날 것 같아요.

WHY 내가 가정을 이끌어가려고 고생하고 있다는 걸 알고 있는지 궁금해요.

5. 나는 엄마, 아빠에게 어떤 존재예요?

WHY 나에게 얼마나 아이가 소중한 지 직접 말해주고 싶어요.

WHY 제 대답은 나 자신이라고 말해줄 거예요. 아이에게도 스스로를 가장 소중하고 존귀한 존재로 생각했으면 좋겠다고 답해주고 싶어서요.

6. 오늘 가장 감사한 일은 뭐예요?

WHY 일상에 감사할 줄 아이로 자라길 바라는 마음을 전해주고 싶어요.

WHY 서로의 하루를 돌아보며 감사함과 사랑하는 마음을 나누고 싶어요.

7. 저를 위해 어디까지 해주실 수 있으세요?

WHY 내가 해줄 수 있는 것과 본인이 직접 해나가야 하는 것에 대해 알려주고 싶어요.

8. 나를 생각하면 제일 먼저 떠오르는 순간은?

WHY 처음 널 만나던 순간부터 지금까지 늘 감동이고 감사하다고 말해주고 싶어요.

9. 이 세상에 태어나서 한 일중에 가장 잘했다고 생각되는 일은 뭐예요?

WHY 너를 낳은 일이 가장 잘한 일이었다고 말해주고 싶어요.

10. 엄마, 아빠는 원하는 인생을 살고 계신가요?

WHY 원하는 인생을 살고 있다고 말해주고 싶어요. 그러려면 삶의 비전을 세워야 한다고 알려주고 비전과 가치를 공유하고 싶어요.

11. 가장 소중한 것은 무엇인가요?

WHY 아이라고 말해주고 싶어요.

12. 무슨 일이 있어도 내 곁에 있어 줄건가요?

WHY 망설이지 않고 아이들을 위해 끝까지 함께하며 희생할 수 있다는 말을 해주고 싶어요.

13. 저를 키울 때 가장 힘들 때는 언제였어요?

WHY 사춘기시절 네가 힘들 게 했어도 미안해하지 말라고, 지금 네가 있어 행복하다고 말해주고 싶어요.

14. 꿈이 뭐였어요?

WHY 아이와 꿈에 내해 이야기하며 서로 응원해주고 싶어요.

15. 살면서 아쉬운 것은 무엇인가요?

WHY 아이들이 성장하는 시기에 집중하느라 너희들의 성장과 발전에 관심을 못 주고 대화를 나누지 못한 것에 대한 미안한 마음을 전하고 그럼에도 잘 살아줘서 고맙다고 전해주고 싶어요.

16. 내가 어떻게 살면 좋겠어요?

WHY 아이와 목표를 함께 세우고 목표를 향해 함께 나아가고 싶어요.

17. 오늘 하루는 어땠어요?

WHY 자녀의 관심을 받고 싶어요.

18. 어떤 상황에서도 극복해나가는 방법이 있나요?

WHY 함께 고민해보고 아이가 그런 상황이 왔을 때 잘 헤쳐 나갈 수 있도록 도와주고 싶어요.

19. 개인 그리고 부모로 삶의 균형을 어떻게 맞추고 살아가고 계세요?

WHY 아이들의 엄마이기도 하지만 그 이전에 이 시대를 살아가는 한 인간이기에 그 균형감을 아이와 함께 느끼고 싶어서요.

아이의 입장에서도 자신의 부모만이 아니라 한 인간으로 부모의 인생을 바라봐 주면 좋을 것 같아요.

20. 나를 생각하면 떠오르는 이미지는 무엇인가요?

WHY 다 컸지만 여전히 강아지처럼 귀여운 존재라고 말해주고 싶어요.

21. 엄마, 아빠는 이 문제에 대해 어떻게 생각해요?

WHY 아이가 고민이 있거나 궁금한 게 있을 때, 문제가 생겼을 때 , 그게 뭐든 의견을 묻고 듣고 논의해볼 수 있는 사이가 되고 싶어요.

22. 나한테 가장 바라는 게 뭐예요?

WHY 이미 너는 다해주었고 존재자체만으로 그런 질문을 해준 것만으로도 충분하다고, 더 이상 바랄게 없다고 말해주고 싶어요.

23. 내 나이에 어떻게 지내셨어요?

WHY 젊은 날의 추억을 함께 나누고 싶고 내 젊은 날의 추억 또한 아이의 추억 일부임을 알려주고 싶어요.

24. 그렇게 바쁘게 사는 이유가 뭐예요?

WHY 주어진 시간에 최선을 다하는 것의 소중함을 알려주고 싶어요.

25. 내가 있어서 다행이라고 생각한 순간이 있었나요?

WHY 아이가 내가 살아가는 데 정말 큰 힘이 된다고 말해주고 싶어요.

26. 내 엄마라서, 아빠라서 행복한가요?

WHY 아이랑 지금 사이가 안 좋은데 그래도 너의 부모라서 정말 행복하다고 말해주고 싶어요.

27. 내 이름을 이렇게 지은 이유가 있나요?

WHY 아이가 행복하고 즐겁게 살 수 있기를 염원하는 마음을 담았다고 이야기 해주고 싶어요.

28. 내가 뱃속에 있을 때 무슨 생각을 제일 많이 했어요?

WHY 나한테 와줘서 너무 고맙고 건강하게 빨리 만나고 싶었다고 정말 기다렸다고 말해주고 싶어요.

29. 내가 힘들게 해서 많이 속상했지요?

WHY 정말 힘들게 키웠지만 죽기 전에 이 질문을 받는다면 그래도 내 아이가 너라서 고맙고 행복하다고 말해주고 싶어요.

30. 왜 우리를 끝까지 책임졌어요?

WHY 아이들이 어릴 때 이혼했는데, 내가 너희들을 책임지는 것은 당연한 일이고, 너희가 내가 살아갈 수 있는 힘의 원천이었다고 말해주고 싶고, 내가 너희들을 책임진 게 아니고 너희가 날 살게 해준 거라고 고맙다고 말해주고 싶어요.

Q1. 30개의 질문 중 마음에 남는 질문은 무엇인가요?
이유는 무엇인가요?

Q2. 자녀에게 받고 싶은 질문 1가지와 이유를 적어주세요.

부록 2.

편지로 시작된
金家네 며느리 인연

시부모님께서 며느리에게 결혼을 앞두고 써주셨던 편지

No.

<이세상에서 하나밖에 없는 우리 며느리>
세연아!
처음에 우리집에 왔을때가 엊그제 같은데
그새 결혼날이 잡히고 드디어 결혼식을 올릴 준비를
하게 됐구나.
넓자면 넓고 좁다면 좁은데에서 너하고 나하고
만난것도 "큰 인연 공덕"이구나.
나는 니가 있어 든든하고 행복하고 자신이 더 생긴단다
이렇게 앞만보고 성실하게 살아온 보람을 나는
이제야 많이 느낀단다. 우리 세연이 같은 며느리를
보게 된것을 보통인연이 아니란것도 알이여
나는 깨달았다.
모든것을 잘견디고 극복하고 살아보면 이런 좋은일도 있구나
하늘을 쳐다보고 생각한단다.
우리 앞으로 부족한점이 있고 생각들이 서로 달라도
한가족이니까. 덮어주고, 이해하고, 보듬어주면서
잘 살아보자. 아버지, 어머니도 여기 오늘같은 날이
올때까지 누구보다도 많이 힘들었단다. 그러나 이제는
그렇게 힘들게 살지 않아도 돼 우리아들, 며느리 이세상
그 누구보다도 좋은사람들과 행복하게 살거야 나는.

No.

세연아!

니가 나한테 건강하시라고 항상 말했지

너도 건강해 아버지, 어머니가 항상 곁에서

지켜보고 뒤에 든든한 자리목이 되어 줄게, 앞으로

정현이 하고 항상 재미있게 대화하고 지내기를

아버지 어머니는 바랄께.

니가 시어머니가 어렵다고 생각하지 말고

우리가 부족하고 니가 마음에 안들더라도.

우리 서로 항상 더 많이 대화하고 의논해서, 협력해서

우리 가정이 더 많이 발전하였으면 좋겠어

세연아!

우리 식구가 되어 준것을 나는 정말로 하늘을 다 얻은기분이야.

엄마는 욕심도 많고 남한테 지는것도 성이 안차고

엄마가 너는 항상 지켜 줄게.

항상 건강하고, 정현이 잘 부탁한다.

든든한 며느리, 권 세연 "화이팅" 하자

아버지, 어머니가 저녁에

쓴단다, 잠이 꾸벅 꾸벅 온다.

9時 뉴스 보면서 쓴다.

2011년 7月 28日 저녁 잘있어.

(결혼식날 일자.)

시부모님께서 사돈에게 결혼을 앞두고 써주셨던 편지

No.

세연 아버님. 어머님께
그동안 건강하게 잘 지내셨는지요
사랑하는 우리 아들. 딸이 성인이
되어서 바라는 결혼식을 올리게 되었지요
저는 꿈 같기도 하고 현실인것 같기도 하지요
우리 정현이를 예쁘게 봐주셔서 정말
고맙습니다. 부족한점이 많이 있더라도
예쁘게 봐주시고 많은 지도 편달 있으시기를
부탁드립니다
정현이가 서울에 있는 시간이 지방에 와있는
날이 더 많을 겁니다. 우리. 사돈. 안사돈께서
내자식 같이 키워 주셨으면 합니다.
저는 사돈. 사부인께서 젊고. 같이 계셔서
참 든든합니다. 정현이가 좋은 사위로. 아니
아들같은 사위로 생각하시기를 빌어볼게요
항상 사돈. 사부인 가정에 부디부디 좋은 날만
가득하시길 바라겠습니다. 건강하고 행복하세요
아들. 딸 잘 키우셔서 앞으로는 좋은일만
가득하고 항상 웃는날만 있기를 바랍니다.
2011. 3. 28.
(정현) 아버지. 어머님 드림

부록 3.

어머님 쓰고
아버님 찍다

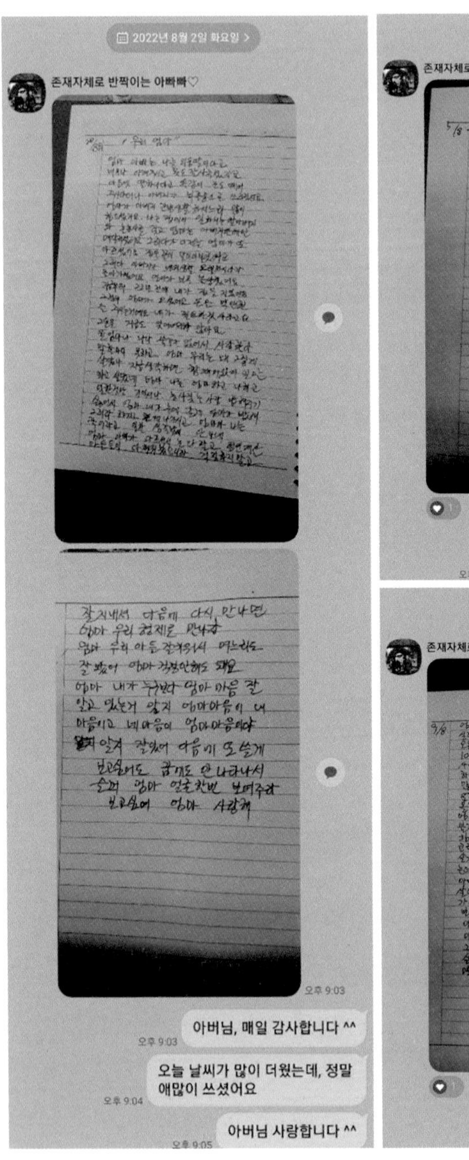
2022년 8월 2일 화요일 >
존재자체로 반짝이는 아빠빠♡
오후 9:03
아버님, 매일 감사합니다 ^^
오후 9:03
오늘 날씨가 많이 더웠는데, 정말 애많이 쓰셨어요
오후 9:04
아버님 사랑합니다 ^^
오후 9:05

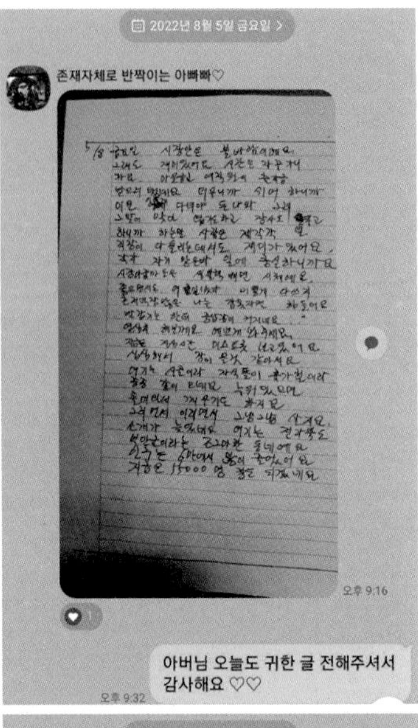
2022년 8월 5일 금요일 >
존재자체로 반짝이는 아빠빠♡
오후 9:16
아버님 오늘도 귀한 글 전해주셔서 감사해요 ♡♡
오후 9:32

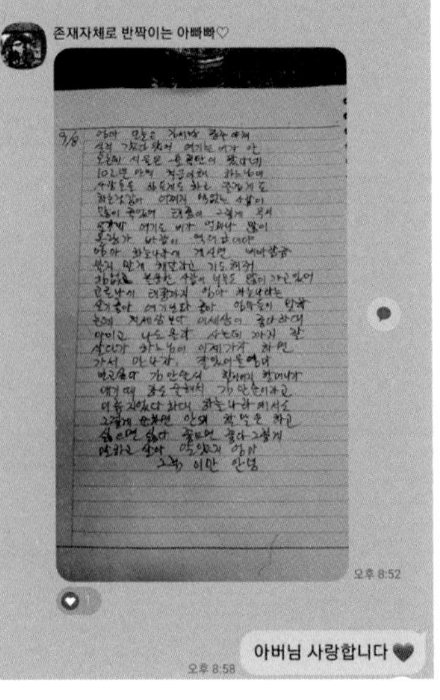
2022년 8월 9일 화요일 >
존재자체로 반짝이는 아빠빠♡
오후 8:52
아버님 사랑합니다
오후 8:58

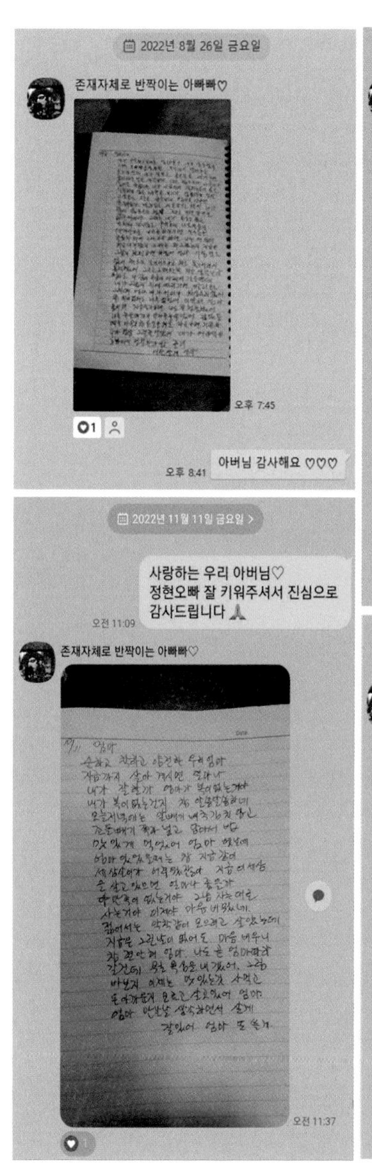

2022년 8월 26일 금요일
존재자체로 반짝이는 아빠빠♡
오후 7:45
1
오후 8:41
아버님 감사해요 ♡♡♡
2022년 11월 11일 금요일 >
사랑하는 우리 아버님♡
정현오빠 잘 키워주셔서 진심으로 감사드립니다
오전 11:09
존재자체로 반짝이는 아빠빠♡
오전 11:37

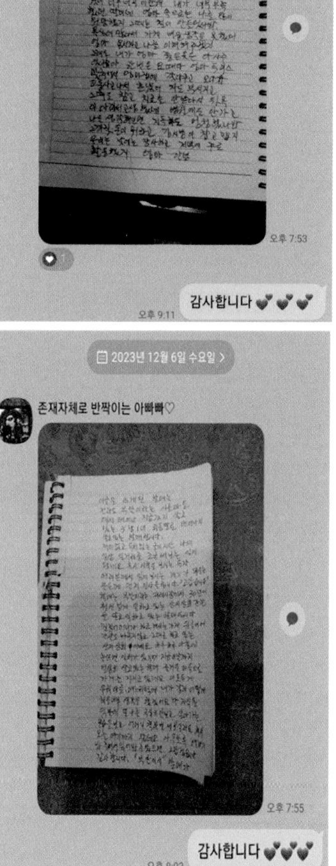

2022년 9월 4일 일요일 >
존재자체로 반짝이는 아빠빠♡
오후 7:53
감사합니다
오후 9:11
2023년 12월 6일 수요일 >
존재자체로 반짝이는 아빠빠♡
오후 7:55
감사합니다
오후 8:03

시어머니 황영자 님께

어머니, 세연이에요. 이런 날이 오네요. 어머니와 함께 쓴 책을 볼 수 있다니 정말 감격스러워요. 사람들이 제가 시어머니와 책을 쓴다고 하니 가능한 일이냐고 너무 신기해하더라고요.

처음 본 순간부터 어머니가 좋았지만, 오늘은 온 마음 다해 진심으로 어머니를 존경하고 사랑하게 된 계기 두 가지를 말씀드려보려고 해요. 첫 번째는 제가 결혼하고 1년 사이에 두 번의 유산했었지요. 처음에 유산했을 때도 위로를 많이 해주셨지만 두 번째 유산했을 때, 어머니께서 해주셨던 말씀 혹시 기억나세요?

"세연아, 많이 힘들지? 엄마도 네 맘 알아. 세연아, 네가 일하는 걸 얼마나 좋아하는지도 알아. 그래서 지금 말하는 게 정말 조심스러워. 네가 두 번의 유산을 겪는 걸 보면서 엄마도 마음이 많이 아팠어. 네가 대학 졸업하자마자 쉬는 시간 없이 계속 일을 해서 몸이 많이 지쳐 있을 거야. 엄마가 하고 싶은 말은 누군가의 시선 때문이 아니라 만약에 다음에 이런 일이 또 생긴다면 네가 널 받아들일 수 있을지 생각을 해보면 좋을 것 같아."

어머니께서 얼마나 조심스럽게 이야기를 하시는지 살 얼음으로 가득 차 있어 작은 모래 한 알에도 부서져버릴 것만 같았던 제 마음이 봄 햇살을 맞이한 것처럼 자연스레 녹아내렸어요.

어머니 말씀처럼 오직 저만 생각하면서 마음 편히 일을 쉬기로 한 덕분에 지금 제 곁에 사랑스런 아이들을 만나고 행복한 가족 안에 머물 수 있게 되었어요. 진심으로 감사해요.

두 번째는 아이들 아빠가 미국으로 한 달간 출장 가던 날 반찬을 두 박스나 택배로 보내주셨지요. 제가 오늘은 출장 갔다 오는 날이 아니라 가는 날인데 어쩌냐고 깜짝 놀라 전화드렸다가 어머니 말씀 듣고 온 몸에 전율을 느꼈어요.

"세연아, 오늘이 출장 가는 날인 거 엄마도 알아. 정현이 출장가고 나면 애들 데리고 반찬 할 시간이 있겠니. 엄마가 반찬 보낸 걸로 밥 거르지 말고 잘 챙겨먹어. 엄마가 건강해야한다."

택배 상자를 열었을 때 갓 담은 배추김치, 총각김치, 멸치, 진미채, 돼지갈비, 홍어무침, 콩나물 잡채 등 각종 반찬과 제가 좋아하는 시장에서만 파는 치킨 한 마리. 배달도 안 되는 치킨가게에 일부러 가셔서 사오신 걸 알기에 정말 감사했어요. 그 때 다짐했어요. 평생 어머님, 아버님께 잘해야겠다고.

이후로도 분에 넘치는 사랑을 항상 베풀어주신 덕분에 제가 이렇게 멈추지 않고 한걸음, 한걸음 내딛을 수 있었어요. 앞으로는 제가 든든하게 곁에 딱 서 있을게요. 건강하세요.

정말 감사하고 아주 많이 존경하고 사랑해요.

2024년 1월

며느리 권세연 드림

며느리 세연이에게

세연아, 살림하고 일하며 애들 키우느라 도시에서 힘들었지?
엄마는 다 알아. 누가 뭐라고 해도 내가 알지. 내가 인정하지.
똑똑하고 착한 세연이가 내 옆에 있으니 얼마나 고마운지 몰라.

나는 더 이상 바라는게 없어.
누가 나한테 언제가 제일 행복하냐고 묻는다면,
나는 지금이 제일 행복하다고 말하고 싶어.

저녁에 잠이 잘 안 온다고 말했더니
그러면 글을 같이 한번 써보자는 네 말이
처음엔 엉뚱하게 들렸었어.
글을 써 본적도 없던 나한테 글이라니.

할 수 있다며 무조건 해보자는 너의 응원에

용기를 내 두서없이 생각나는 대로 글을 적다보니
잊고 있던 젊은 시절을 돌아볼 수 있어 좋더라.
네가 하루에 하나씩 보내주던 질문에 답하는 것도 좋았고.
글 쓰면서 모든 게 참 좋았어.

시간이 멈추지 않고 자꾸만 흘러가니 허망하다는 생각을 많이 했거든. 젊을 때는 시간이 더디 갔는데 환갑이 넘으니 물처럼 속절없이 흘러가 무섭더라. 말로 하면 금방 잊어버리는데 그 시간을 우리 세연이 덕분에 글로 적고, 책으로 나온다니 이보다 더 기쁜 일이 있겠나 싶어. 고마워.

우리 집에 네가 처음 인사하러 오던 날 나는 첫눈에 알아봤어.
똘똘해서 잘 살겠다 싶어 보였거든.
네가 더 행복하게 살 수 있도록 내가 많이 응원할게.
우리 더 재미있게 잘 살아보자. 알았지?
세연아 사랑해.

2024년 1월

시어머니, 황영자

엄마에게 보내는 마지막 편지

엄마, 처음에 며느리가 엄마가 살아 계시다고 생각하고 편지를 쓰자고 했을 때는 이게 무슨 의미가 있을까 싶었어. 그래도 편지로나마 마음껏 엄마를 불러볼 수 있을까 싶어 쓰기 시작했어. 그렇게 처음 공책에 '엄마'라고 두 글자를 써놓고 목이 메어 한참을 바라만 봤어. 그렇게 하루하루 엄마를 불러보며 글을 쓰니 정말 엄마가 옆에 계신 것처럼 좋았어.

지금 내 옆에는 다들 나를 엄마라 부르기만 하지, 내가 어디 가서 엄마를 불러보겠어. 글을 쓰면 쓸수록 돌아가신지 너무 오래된 엄마가 살아계셨다면 얼마나 좋았을까? 라는 생각에 그리움이 뼈에 사무쳐.

엄마가 살아 계시다면 모시고 여행 한번 다녀오고 싶다는 생각이 많이 들어서 마음이 힘들었어. 엄마 살아계실 때 다리가 아프셔서 여행을 못 갔었는데, 지금 내가 다리가 아파서 여행을 잘 못 가. 그래도 엄마가 오신다면 두 손 꼭 잡고 여행 가고, 엄마 좋아하는 막걸리도 같이 시원하게 마시고 홍어찜도 해드리고 싶어.

글을 쓰는 동안 엄마가 옆에 있는 것처럼 든든했어.
지금까지 내 옆에 있어줘서 고마워.
가족, 형제 어울려서 이렇게 지낼 수 있게 해줘서 고마워.

너무 순하기만 했던 우리 엄마,
김안순 여사님.
사랑해요.
곧 만나.

엄마 딸, 황영자 드림

Thanks to.

세상에 빛과 소금이 되어줄 따뜻한
질문과 그 질문을 만들게 된 이유를 공유해주신

강기선, 권선희, 고독한 산책, 고영희, 고요, 공감씨의 하루, 권인선
김경진, 그레이스박, 김기쁨, 김명옥, 김미영, 김민정, 김민주, 김수영
김순희, 김영렬, 김영태, 김옥주, 김은아, 김의봉, 김재인, 김정현
김진아, 김진영, 김현경, 김휘경, 나루, 땡큐엄마, 라바, 루시아, 리사
문인심,마음공감, 명석코치, 문현심, 민성파파, 박경은, 박기연, 보나
박남숙, 박정민, 방민아, 배기자, 백미정, 보경, 보나오라, 브라우니
비전, 부글부글 찻주전자, 블루베리, 삔녀, 상냥한 주디, 새로운도전
소로로. 서비스가, 선녀, 성장하는곰셋맘, 세연오빠, 션, 소금, 신현정
심혜영, 스마일지니, 이혜선, 시우, 아스청운, 아이캔짱, 안은우, 양양
엄파, 여왕벌, 여의도퀸, 예리, 오리하늘날다, 오정근, 오제현, 우성하
우성희, 우정민, 유임균, 유진, 윤다현, 윤슬, 용민, 이고은, 이남숙

이방인, 이아브라함, 이소희, 이윤정, 이제이, 이혜리, 이혜숙, 임미영 에제르, 장수연, 전숙향, 전애진, 전화전, 정지현, 정태남, 쭈니파파 예승, 주언이, 진선임, 진수현, 차언명, 최은아, 최석희, 최주희, 해피 하희선, 하얀나비, 한민수, 한우러기, 한현례, 함성, 헤이즐, 홍미진, 홍진숙, 갓pd, angel7, bella, baiwei, jasmin, jinagnes, jude, lily, mewe, wision2626 그 외 익명의 고마운 질문자님들.

이 책이 세상으로 나올 수 있도록 함께 기획해주신 백미정 작가님,
물심양면 아낌없이 사랑으로 지원해주신 대경북스 김영대 대표님.

진심으로 감사합니다.

사랑해.

고마워.

미안해.

애썼어.

괜찮아.

잘했어.

온 마음을 다해

당신을 진심으로 응원할게요.